初戀

ファーストラヴ

島本理生 著

楊明綺 譯

好評推薦

如果有機會在恐懼與厭惡的當下就去經歷和完整嘗試看清楚那些人，那這刻有機會讓你讀懂的就是：人為什麼會選擇「漠視」。任何的漠視也許是悲劇產生的開端，只是不見得會有人注意到，漠視的動機也可能是對方出於內心恐懼。如何突破那個恐懼？這本書會用各種生命經驗告訴你答案……

——DJ JoJo（KISS Radio）

初看書名以為是個甜美的愛情故事，往下翻閱就被重重謎團所吸引，試圖在每一條曖昧的感情線上探尋角色為何行動的線索、在每一次火花迸射的交鋒中窺探事件的闇暗內裡。作者的敘事步調不疾不徐，彷若一場目的不明的漫遊、忽遠忽近對不了焦般迷離，卻又因而讓全貌得以浮現，「初戀」的意涵也呼之欲出。用濃厚的情感鋪陳的懸疑故事，獲直木賞肯定實至名歸。

——冬陽（小說評論人）

每個人的背後都跟著許多鬼魂，他們是種種牽絆你的過往複合體，也是現在可以拯救你的線索，「初戀」，就是這樣的存在，讓你好好跟過去和解，讓你好好去走向未來。

——法蘭Fran（法蘭黛樂團主唱）

在幼年受傷的孩子，常用迂迴與扭曲的方式，要透過新的關係，療癒舊的傷痛。又或者，我們常常透過關係，看到自己的傷，猶如照見鏡子一樣。一個人在幼年時經歷的親子關係，常常影響著成年之後的親密關係。在這本小說裡面，重複使用這樣的架構，去帶著我們認識每一位重要出場人物的心理狀態。

我很喜歡這本小說，不管就我個人的立場，或者以臨床心理師的工作來看。更不用說作者因為這本小說獲得二〇一八年日本直木賞，我想，大概會吸引不少小說迷朝聖。邀請各位朋友一起來閱讀，也一起關心兒童虐待的議題！

——洪仲清（臨床心理師）

對於暴力，我們瞭解得太少，這是為什麼必須讓傷口發聲，然後療癒才會成為可能。

——許秀雯（伴侶盟常務理事、婚姻平權釋憲案律師）

我們必須閱讀這些揪心的故事，才能擁有更多悲憤的力量，去面對、並改變這個社會。

——動眼神經（眼球中央電視台製作人）

正值豆蔻年華的女孩居然手刃父親，更令人詫異的是，她連自己為何殺人都不知道，究竟是什麼樣的創傷讓她犯下如此令人匪夷所思的罪行？擅長描寫女性細膩情感的作家島本理生，這次以推理手法巧妙包裝這個多線複雜的故事，讓讀者從心理、法理等不同層面與觀點，隨著幾個角色的心境轉化，抽絲剝繭地探討「愛」這個複雜的課題，著實讓人眼睛一亮。

日本文豪芥川龍之介有句名言：「人生，比地獄還像地獄。」然而正因為嘗過苦，不放棄地努力瞭解真正的愛與人生為何，才能一步步逃離地獄，不是嗎？

——楊明綺（本書譯者）

初戀

ファーストラヴ

通往攝影棚的長走廊，純白到稍嫌刺眼。

面露專業神情的我邁步前行，腳步聲像要抖落平常積在地板上的灰塵。

我走進C攝影棚，將遞過來的麥克風從夾克下方穿過。明明離正式錄影只剩五分鐘，工作人員們卻一派悠哉樣，聊著製作節目的預算有多低、收視率有多慘，這樣的氣氛反而讓本來就不是什麼藝人明星的我感覺輕鬆多了。

主持人森屋敷先生正要開口時，一縷花白前髮垂落額上。

手拿梳子的年輕化妝師趕緊走向他，與其說是梳整，不如說是用力壓妥頭髮。只見森先生露出紳士笑容，舉起一隻手，說了聲「謝謝」。化妝師點了一下頭，隨即退下。

「離正式開錄還有一分鐘！」

聽到這聲呼喊的我將塑膠框眼鏡往上推，重整坐姿。

凝視前方鏡頭，深吸一口氣，配合主持人，面帶微笑。

「大家好，感謝您收看《孩子睡著後的諮商室》。我是四個孩子的父親森屋敷，將和專業醫師為各位解答各種育兒方面的疑難雜症與煩惱。今天的來賓是大家都很熟悉的臨床心理師真壁由紀醫師。」

我輕輕點頭，趕緊說了句「大家晚安」。柔和色系的布景猶如托兒所，加上攝影棚裡的刺眼燈光，讓人一時忘了現在是深夜。

「真壁醫師藉由心理諮商，經常接觸閉居家中、不願與外界接觸的孩子及他們的父母。就您的觀察，近來有什麼讓您特別在意的事情嗎？」

我一臉嚴肅地回答「有」。

「大家都認為愛是給予，其實這觀念就是引發問題的原因。」

「哦？難道不是嗎？」

「也不能說這觀念錯誤，但正確來說，愛是守候。」

「可是醫師，光是在一旁看，永遠也無法改變現狀，不是嗎？」

「大部分有這種孩子的父母都過於關注孩子。乍看是為孩子著想，其實父母往往過於強勢，剝奪孩子的自主權。」

森先生用他那張方形臉，用力頷首。我像被他那深表贊同似的神情牽引，一回神才發現自己滔滔不絕談論著。

歷經兩小時的錄影後，順利結束。

我行禮說句「辛苦了」，步出攝影棚。拿起放在休息室的真皮托特包，摘下上電視節目用的眼鏡，收進盒子，穿上風衣。

電視臺大門前的車道只停著一輛計程車。寒冷夜風迫使我縮著脖子，快步走向車子。

當我正要開車門時，瞥見森先生坐在車子裡。

「辛苦了，真壁醫師，今天的對談非常有趣。站在外頭等車很冷，不介意的話，一起搭車吧。」

森先生提議，我道謝後上車。

「也很謝謝您今天非常專業的協助。記得森先生住在麻布一帶，是吧？」

「是的。先送真壁醫師回家吧。」

我誠惶誠恐道謝。

「都這麼晚了，當然要護送女士回家。」

森先生一邊說，一邊翹腿。雖然車內昏暗，還是瞧得見森先生那雙擦得光亮的皮鞋。

我笑著說：「您真是紳士呢。」

「我是昭和時代出生的。」他笑著回應，忽然又想起什麼似地說：

「對了，關於錄影前聊到的那起事件，您說也許會將那件事寫成一本書。」

「哦，是指聖山環菜小姐的事嗎？是啊，這是出版社提議的企劃案，希望我以臨床心理師的觀點剖析當事人的成長歷程。」

「是喔。原來也會接到這樣的工作邀約啊！」

被他這麼一問，我曖昧地搖頭。

「我也是第一次接到這種邀約，所以還在猶豫；雖然是件對社會頗有意義的工作，但要是影響判決就不太好了。況且也要顧慮被害家屬的心情，反正企劃案也還沒確定囉！」

「是喔。哎呀，還真是駭人聽聞的事件呢！一心想當主播的女大生，居然在考完知名電視臺的第二次面試後刺殺父親，行凶後還渾身是血地走在傍晚的多摩川岸邊，而且，那個還成了熱門話題呢！」

「那個是指？」

「就是她被捕後說的那句話啊！『你們自己去查出我的殺人動機』。有些報導說是因為父母反對她報考主播，所以她氣得殺害父親，還對警方撂下那麼挑釁的話，看來這起憾事的起因就在於她吧。她母親因為打擊太大，現在還在住院。我也有兩個女兒，所以無法不在意這起案件。雖然立志要當女主播的孩子顏值肯定不差，但是看到週刊雜誌用什麼美女殺人犯的標題，實在很令人反感啊！」

「就是呀！」

我附和。車子行經一片昏暗的住宅區，停在一棟白色民宅前。

我目送計程車遠去後，輕輕地用鑰匙開啟大門。

從客廳門扉流洩出燈光，傳來喧鬧聲。

就在我詫異他們還沒就寢，正要開門的瞬間，一隻巨大黑色蟲子飛來，就這麼撞上我的額頭，旋即落在腳邊，害我嚇一大跳。

我怔怔地撫著額頭，只見我聞與正親從沙發後面衝出來。我一看腳邊，躺著一架遙控飛機。

「由紀，沒事吧？因為沒聽到腳步聲，沒察覺妳回來了。」

身穿帽T的我聞拿著遙控器，奔向我。

「媽，妳的反應太慢了。」

穿著同款帽T的正親若無其事地說。

「拜託！都這麼晚了，你怎麼還沒睡？遙控飛機還撞到老媽的額頭，搞什麼啊？」

「對不起、對不起！沒想到我們才剛玩，妳就突然迸出來。這架遙控飛機是在附近跳蚤市場買的。對了，要不要吃碗茶泡飯？」

我聞一邊將黑框圓眼鏡往上推，一邊笑著問。

「爸，我也要吃。」

雙手插進帽T口袋的正親走向餐桌。

我一臉悵然回了句「我也要」，放下手上的東西，坐到椅子上。

我聞拿了兩個碗盛上白飯，放些鹹鱈魚子，淋上高湯，再撒些海苔和白芝麻，一股香味飄至客廳。

我和兒子並肩而坐，邊吃茶泡飯，邊看向陽臺。在電視臺大門前的車道望不見的紅月亮，正掛在曬衣桿上似地漂浮著。
明明坐在屋齡十年的純白色調客廳，竟錯覺自己還在攝影棚。
「對了，午休時接到迦葉打來的電話哦！」
我聞這句話讓我回神。
「為了什麼事？」
我停筷，反問。
他隻手拿著一瓶氣泡水，從廚房走出來，邊扭瓶蓋，邊回道：
「他想聽聽妳對於最近發生的事件有什麼看法，可能是少年事件還是什麼案子吧。」
「知道了。我直接打電話到事務所找他，方便嗎？」
這麼反問的我其實內心有點猶豫。
我和小叔迦葉就讀同一所大學，也是同一屆的。
但就讀文學院心理學系的我幾乎沒和念法律系的他一起上過課。
這是迦葉第一次找我商量工作方面的事。
「要不要我幫忙聯絡他？」
我聞察覺到什麼似的，有點擔心地問。
想起今年過年，大家聚在一起時的事。眾人圍桌大啖年菜時，喝醉的公公發起牢騷：

「正親要是有兄弟姊妹的話，該有多好啊！就像我聞和迦葉。」
我只能無奈微笑。只見迦葉隻手拿著小杯子，開玩笑地說：
「就算是大哥，也沒辦法邊抱著嬰兒，邊和正親踢足球吧。」
瞬間，話題就此打住。
婆婆面露不悅地拍了一下迦葉的背。
「真是的！嘴巴怎麼這麼壞呢？由紀，不好意思啦！這孩子從以前就是這德性。」
我搖搖頭，回了句「沒事」。
那時用筷子挾起的手工黑豆圓滾飽滿、黝黑發亮，卻想不起味道如何。
「不用理會那傢伙打來的電話啦！」
將茶泡飯吃個精光的正親斷然說道。
「怎麼可以這麼說自己的叔叔，太沒禮貌了。」
正親吐了一口混著白芝麻與海苔味道的氣息，不爽地反駁：
「說是叔叔，可是他和老爸又不是親兄弟，不是嗎？根本一點關係也沒有。那傢伙就是愛裝年輕，還什麼叔叔呢！根本是個歐吉桑。」
我苦笑。
「明明你爸是個大塊頭，你是怎麼回事啊？」

看來正親對於新年那時被迦葉嘲諷個子矮一事，始終耿耿於懷吧。
「迦葉的年紀比你媽還小，怎麼可以說他是歐吉桑。」
我聞隨即數落他一番。
正親露出不妙的表情，試圖轉移話題說：
「他每次打電話來，總是喜歡逗弄媽，該不會是喜歡她吧？」
我拿著空碗，站在流理臺旁。
「怎麼可能！」
水聲不斷的同時，聽到我聞笑著這麼說，我的手頓時起雞皮疙瘩。
冷冷的水從滿是泡沫的指尖流過。

翌晨，送父子倆出門後，我趕緊用吸塵器清掃客廳，隨即窩在一樓的書房。
打開窗簾，眺望草坪開始枯萎的庭院。錄影結束後的隔天特別累，便向任職的診所請假。本來就是院長推薦我去上電視節目，請假一事自然通融。
我坐在工作桌前確認電子郵件時，餘光瞄到擺在一旁的相框，裡頭放著婚禮那天的團體照。
我們在十年前梅花綻放的春日，舉行婚禮。

在雙方親友的圍繞下，別著百合髮飾，面帶微笑的我一身白無垢[1]，雙手護著隆起的腹部。

那時的我聞也是戴著現在這副最愛的黑框眼鏡，面帶笑容看向鏡頭。只有迦葉露出挑釁眼神，雙腳微張地站在離我們稍微遠一點的位置。他那在腹部交叉的十指格外修長。

那天，我們在神社交換婚戒後，一行人前往婚宴會場途中，迦葉不知為何，突然折斷栽植在中庭的山茶花枝。

他無視女性工作人員驚訝不已的斜睨，將一枝豔紅山茶花遞向我，語帶戲謔地說：

「從今天起就要稱妳一聲嫂子了。雖然還不習慣就是了。」

我刻意無視親戚們的詫異眼神，面無表情地低喃「請多指教」。

直到現在還記得右手握著山茶花枝的堅硬觸感。

我發了封簡短的郵件給迦葉，沒再檢視一遍便寄出。

淺田七海坐在四周擺放了觀葉植物的沙發上，條紋襯衫的兩顆扣子沒扣上，一副精疲力竭樣。我趁她用那雙有著華麗美甲的手，端起薄荷茶一口飲盡時，故作輕鬆地問：

「如何？最近狀況還好嗎？」

「睡眠情況比之前好多了。不過因為公司搬遷，暫時有得忙了。」
「是喔？原本在赤坂，沒錯吧？」
「搬到完全反方向的茅場町，所以要早起很痛苦。從派遣變正職一事也遲遲沒下文，想說等下次春天換合約時，乾脆辭職另謀出路囉。」
「這樣啊。不過換個環境，還得重新適應。」
七海沉默一會兒後，下定決心似地開口：
「其實我前陣子開始在夜店工作，那裡的客人說如果我白天的工作不保，他可以幫忙介紹別家公司。」
我那正要拿起便條紙的手剎時停住。
淺田七海眨著比以往更長的睫毛，露出有點困擾的笑容說「他好像喜歡我呢」。
「他誇我聰明又靈巧，只做派遣實在太可惜了。是真的很關心我。反正我就是那種有話直說的個性，他說第一次和比自己年輕的女孩子聊這麼多，好像很感動的樣子。」
「他年紀多大？」
我偏著頭，這麼問。加濕器不斷靜靜噴出水蒸氣，濡濕植物的葉子。

1 日式新娘禮服。

七海面露欣喜，上半身微微前傾地說：

「四十五歲，已經結婚了，所以不可能對我做什麼齷齪事。我們約在外頭碰面時也是純粹吃飯、喝酒，他為人很紳士。起初因為是會去那種店的男人，所以對他存有戒心，但看到他努力和我聊天的模樣就改觀了。感覺是個很正派的人。」

「那就好。畢竟是有家室的人，就算你們沒有更進一步的關係，但要是有什麼誤會，很容易惹上麻煩，還是小心為妙啊！」

「也是啦！我會和他保持適當距離。」

雖然七海表現得很理性，但明眼人都看得出來，那個男人已經擄獲她的心。我在心裡嘆氣。

一年前，淺田七海借給當美髮設計師的同居男友不少錢，沒想到不但捲入對方的桃色糾紛，男友還欠錢不還，就此人間蒸發。她因此抑鬱到連飯都吃不下，擔心不已的妹妹只好帶她來我這裡看診。

想起初次見面時，她強調自己很堅強，根本不會來這種地方，也清楚記得當時看著我，發誓絕對不會再對男人掏心掏肺的她瘦成皮包骨。

後來情況逐漸好轉的她成了派遣人員，卻和公司好幾位男同事過從甚密。

為了顧及她的自尊心，我委婉勸她最好將私生活與職場清楚區隔，也提醒她要認清男性是社會性生物，一旦發現苗頭不對就會逃之夭夭，到時受傷的還是自己。

雖然七海那時只是曖昧地點頭，但後來她說沒半個男人願意和她繼續往來，連郵件也不回，所以很受傷。

當她誇讚那位客人有多好、多正派的痴情話總算告一段落時，我說：

「我記得以前看過的某部電影有句臺詞，『越是想要尋回被奪走的東西，反而失去越多』，妳曉得這句話的意思嗎？」

七海怔住似地沉默不語。

「不是說妳在夜店工作不好，只是希望妳能明白這麼做並無法療傷，和好幾個男人上床也是一樣。如果妳真心享受這種樂趣，我無話可說，但七海小姐追求的東西呢？」

「可是，我沒再和他們私下碰面啊！況且也沒發生什麼不好的事。」

「那麼，妳覺得用這種方式能得到自己想要的東西嗎？」

七海陷入沉默。直到方才還充滿期待，閃耀生輝的雙瞳霎時變得陰鬱，露出了無生趣的表情。

我用稍微溫和一點的口氣繼續說：

「七海小姐，雖然妳斷言最近認識的這位男士正派又溫柔，但妳不覺得人類是有著多種面相、難以捉摸的生物嗎？不少人都是看起來很正派，其實私下揮霍無度，一旦出事就逃避的傢伙。妳心裡明明很清楚，卻還是抱著不切實際的期待，這又是為什麼呢？」

「我不知道。」

七海喃喃道，露出和實際年齡不符，有如稚嫩少女的表情。

當診間總算沒有旁人時，我嘆了口氣，打開水龍頭，用杯子盛水。

為茂密的觀葉植物澆水時，水滴從杯緣落至指尖。孤獨、性慾與愛很難區別，而且年紀越輕，越不知如何區分，只希望尚未被傷得太深的七海能明白這道理。

午休時間去診所附近的豬排店用餐，我點了腰內豬排套餐。同事里紗掀起深藍色門簾走進來。

里紗確認吧檯座位客滿後，「方便坐妳對面嗎？」

她一邊將褐色頭髮撥至耳後，這麼問。我點點頭。她拿起菜單，點了大份的腰內豬排套餐。

「對了，我看過節目囉！由紀小姐有一陣子沒上那節目了。妳應該常常上節目講些孩子教養方面的問題；雖然我也是做這工作，但心理諮商真的是很專業的領域。」

「也是啦！但畢竟大多是談論比較敏感的話題，所以不少人都不太願意上電視，也怕被周遭人譏諷想炒知名度。」

豬排套餐送來，我拿起沾著油污的醬汁瓶；雖然看起來不怎麼樣，味道倒是頗甘甜。

「不過由紀小姐真的很優秀，應該不會被中傷吧？」

「沒這回事，我只是懶得理會罷了。」

切得細碎的高麗菜絲十分美味，但還沒吃完就覺得很撐。

里紗吃光高麗菜絲，喝完熱茶。紅色深V領上衣、假睫毛，雖然在診所工作，這樣的裝扮稍嫌花俏，但我對於個性活潑大方的她倒是頗有好感。

結帳時，我赫然發現自己忘了帶錢包，只好請里紗幫忙墊付。

回到診所，我坐在桌前整理諮商者的病歷表時，櫃臺那邊傳來有人喚我名字的聲音。

不久，門開啟。

「不好意思，我是真壁的先生。」

身穿黑西裝，拉著行李箱的我聞站在門口。稍稍變長的頭髮，戴著常用的眼鏡，只有脖子以上保留一貫的無拘無束感。

「你怎麼來了？」

我一走近，他馬上遞出錢包。

「這東西放在餐桌上。我今天的攝影工作已經結束了，想說妳沒這東西肯定會很傷腦筋。」

「原來如此，不好意思啦！謝謝。」

他笑著說「反正順路」。

「那我走了。下午的工作加油囉！」

我聞這麼說，便離開了。

坐在一旁的里紗看向我，「由紀小姐的老公真是溫柔體貼呢！」一臉感佩地說。

「感覺他的氣質有點特別，是做什麼的啊？」

「拍攝婚宴的攝影師，所以才會穿西裝囉！」

「原來是攝影師啊！難怪感覺比較隨興。」

里紗了然於心似地頷首。

「沒錯。所以他從小就被說是長得比較大隻的阿金[2]。」

「我懂。從事自由業的時間比較有彈性。」

「就是啊！所以我兒子幾乎都是吃我老公做的飯菜長大。」

就在我們閒聊時，午後的諮商時間開始，我起身離席。隨興啊，記得我們十四年前認識時，他比現在更隨興。

像要打斷回憶似地收到一封郵件。我一看寄信人名字，馬上停止思索，心想就算不回信，彼此也有默契才是。

我確認內容後，將手機塞進口袋。

一週開始的週一上午十一點半，我造訪迦葉任職的法律事務所。

搭電梯上二樓，透過對講機告知來意，自動門隨即開啟。

事務所內並排著四張桌子，其他律師都不在的樣子。

身穿灰色高領毛衣的年輕女子領著我走向最裡頭的那扇門後面，一間特別隔出來的會客室。

我坐在沙發上等候時，方才那位年輕女子端茶進來。相較於她那張素淨的臉、明顯分岔的長髮，端正秀麗的五官與豐滿胸部格外顯眼。

我啜飲茶水時，突然傳來開門聲。

「嫂子，妳來啦！不好意思，勞煩跑一趟。」

擁有一雙超長腿的迦葉走進來，坐在我對面的單人座沙發。

他睜著因為有點大小眼，眼神略顯猶疑的雙眼看向我。

我回以警戒眼神，只見迦葉的嘴角突然上揚，笑著說：

「別露出那種表情嘛！」

「謝謝你的郵件，沒想到是關於聖山環菜小姐的事。」

2 芬蘭畫家朵貝·楊笙（Tove Jansson）的名作《嚕嚕米》裡頭的一個角色。

我刻意無視他那一貫的嘲諷口吻，回道。

「是啊！沒想到這案子會來到我手上。不過還真是有點棘手啊！」迦葉說。

「應該是吧。對了，聖山環菜小姐的情況如何？」

「這個嘛，起初她對我十分警戒，不過我們總算比較可以溝通了。畢竟我是法院指派的公設辯護人，也沒辦法換囉！」

迦葉用手指搔搔額頭，這麼說明。

「你只是偶然被選上吧？」我問。

才不是呢！迦葉反駁。

「基本上，就算是法院指派，重要案件也會指名給經驗豐富的優秀律師負責。」他補充說明。

我從大學時代認識的法律系朋友那裡，聽說了迦葉在法庭的傳聞。

他善於利用被告受虐、命運多舛等事由，抓準時機、巧妙斟酌，直指是被害人自作自受，所以由他辯護的案子往往能大幅減刑。

「因為環菜的案子改採參審員參審制[3]，所以能贏得多少同情票很重要。我聽說嫂子要寫一本關於她的書，嚇一跳呢！」

「原來如此。」

我眺望書櫃上成排的法律書，喃喃自語。

「總之，想說瞭解一下彼此的情況比較好。老實說，我反對。這麼做不但妨礙審判，也要考量當事人和被害者家屬的心情。」

「你說的沒錯。」我同意。

迦葉翻了一下白眼，看向我。

「畢竟這起案子備受矚目囉！要是寫得像是加害者的札記，肯定飽受社會輿論壓力，況且又是由小有名氣的臨床心理師以同性觀點書寫，勢必會成為別具賣點的非文學類書。總之，我言盡於此，再來就要靠妳自己的判斷了。對了，妳和環菜碰面了嗎？」

面對他的推測，只能苦笑以對的我反問：

「還沒，是個感覺很難搞的孩子嗎？」

「應該說很成熟吧。而且幾乎不太說話。對了，氣質好像有點像。」

「像誰？」

「以前的妳。」

迦葉回道。彷彿有根柔軟的刺扎進心臟似的，我立刻轉移話題。

3 採用參審制的國家以日、德為代表，英、美、法等國則是採用陪審制，臺灣目前尚未有陪審制度。

「我是在問環菜的事。」
「嗯。」
「查清楚殺人動機了嗎?」
迦葉搖頭,乾脆地回道「還沒」。
「這是接下來的重點。對了,我哥還好吧?」
他邊拿起茶杯,邊問。
「嗯,還是老樣子。」
「是喔。老實說,我到現在還是覺得很可惜。正親也長大了。大哥也該好好想想自己的前途吧。」
「我會問問他。」這麼回應的我說:
「快十二點了,我得走了。今天就談到這裡,如何?」
迦葉點頭,表明自己待會兒還有家庭裁判案子要處理。我正想喝完剩下的茶,只見他突然指著門,悄聲說:
「剛才那個端茶進來的女孩子。」
就在我想起自己莫名在意她時,也心生不妙的預感。
「她看起來挺乖巧,其實我們曾在這棟大樓的逃生梯上那個哦!」

我語帶責備地說「別在這裡講這種事」，打斷這話題。

「反正她快結婚，也要辭職了。我送妳下樓吧！嫂子。」

他的輕佻口吻讓我的太陽穴一帶隱隱作疼，我像要甩開這般尷尬情形似地起身。

迦葉送我到一樓。

迎著白晝陽光，迦葉的存在感愈來愈稀薄，只有他那譏諷似的笑容依稀殘留腦中。

我坐在前往看守所的電車上，翻閱聖山環菜的資料。

聖山環菜，二十二歲，今年七月十九日因涉嫌殺害父親，也就是畫家聖山那雄人，而遭警方逮捕。

凶案發生當天上午，環菜參加東京都內某家民營電視臺的第二次面試。

但她因為身體不適，中途退出面試，幾個小時後出現在父親任教的二子玉川某所藝術學校。環菜用在澀谷東急手創館購買的菜刀，刺向被她叫至女廁的父親胸口。

脫掉血跡斑斑的套裝和襯衫，換上白色T恤、深藍色裙子的她逃離命案現場，直接返家。環菜和母親起爭執後奔出家門，被住在附近的主婦目擊獨自走在多摩川岸邊。

目擊者說她看到臉和手都沾上血的環菜，直覺情況不妙，想說上前關心一下，環菜卻飛也似地逃走，所以她趕緊報警。

感覺到有些疲累的我抬起臉，映在地鐵車窗上的面容十分黯然。我伸手揉捏後頸，思索著。

其實案情本身並不複雜；問題是，弒父一事可是要有相當大的覺悟。一個正在求職的普通女大生會突然變得如此暴力嗎？按下連她本人也沒有察覺的扳機？

辦妥看守所的探監手續，我在會客室等候。

來到會客室的環菜身形十分嬌小，只見她點了一下頭，坐在玻璃隔窗另一邊的椅子上，就連肩膀也是又窄又瘦削。

她給人的第一印象是，看起來比實際年齡小很多。

明明已經二十二歲，眼前的她看起來卻像十六、七歲少女，與其說是童顏女大生，不如說那張有著精緻五官的小臉漾著大人味；不過也許是因為有點駝背的關係吧。感覺比想像中樸實許多。

初次見面，妳好。我盡可能柔聲打招呼。

「聖山環菜小姐，我是臨床心理師真壁由紀。今年是我從事這份工作的第九年。」

這麼自我介紹。環菜悄聲回道「您好」。

「心情比較平靜了嗎？」

我問。她警戒似地沉默不語，我趕緊換個話題：

「我想新文化社的辻先生已經告知妳出書一事吧。當然，這種事還是要先考量環菜小姐的心情，也不能影響判決。如果妳真的想透過書表達自己的心聲，我會盡我最大能力幫忙，絲毫沒有勉強的意思，希望妳能明白這一點。」

「我……」一直低著頭的她，囁嚅地說：「若是這麼做比較好，出書也行，只是……」

「只是什麼？」

「只是覺得我的真正想法不值得一提。」

她表明自己的疑慮。

「不值得一提？」

環菜用力頷首。

「環菜小姐，要是妳願意回答就太好了。妳還記得遭逮捕後，曾對警方說過『你們自己去查出我的殺人動機』這句話嗎？」

聽我這麼一問，她一臉詫異地搖頭。

「怎麼可能！我沒說過那麼囂張的話。」

「嗯。今天見到妳，我也覺得妳不太可能會說這種話，才想說問問看。」

「我是說過，但口氣不一樣。」

環菜困惑似地說，我點點頭。
「方便告訴我究竟是怎麼說的嗎？」
「警方問我殺人動機時，我說自己也不知道，希望他們去查一下。」
我自己也不知道？我複誦一遍。
「老實說，我說謊。每次一遇到不好的事，我的腦子就會一片空白，失了魂似的，也就順口胡謅了。那瞬間，我一心只想隱瞞自己殺人一事……」
我對於她的一句話裡同時出現老實說、說謊的字眼，深感興趣。
「那麼，妳還記得案發當天下午的事嗎？妳願意說就說，不想說也沒關係。」
環菜不自覺地啃起拇指指甲，實在無法想像她用這雙纖細十指殺害父親。
「那天我從走進考場開始就很害怕，加上前一天爸媽反對我當女主播……」
環菜不太願意回想似地低著頭。我點點頭說「是喔」。
就在我要繼續提問時，她像是想起什麼似地說：
「對了，真壁醫師認識庵野律師嗎？我說要出書的事，他嚇一跳。」
「是說庵野迦葉先生嗎？」我問。
「對，沒錯。他的名字很特別。」
「是啊！記得迦葉是釋迦牟尼的一位弟子。我們是親戚，但沒有血緣關係。」

哦？只見環菜的視線往上飄，不經意地露出狐媚眼神。她是從什麼時候開始有這習慣的呢？

「你們的姓氏不一樣呢！」

我並沒有說明為何迦葉不是姓「真壁」，而是「庵野」的原因。

環菜的口氣突然柔和許多。

「庵野先生好像很懂女人心呢！覺得女人都會喜歡他似的。」

我既沒否定也沒認同地敷衍回應：

「或許吧。對了，環菜小姐，關於今後的事。」

就在我準備進入正題時，環菜忽然往下瞧，問道：

「您結婚了嗎？」

我看著左手的婚戒，點點頭說「是啊」。

「那……有小孩嗎？」

「有啊！有個念小學的兒子。」

環菜像是放棄什麼似的，悄聲呢喃「您好幸福喔」。

「今天還是請回吧。我會回信給新文化社的辻先生。」

她這麼說，隨即步出會客室。

我拿著真皮托特包，站起來。看來我沒通過她的審核吧。

隔週，我在診所收到新文化社寄來的信，信上表明環菜希望這本書的企劃案延期，他們也深感抱歉。

我無奈地將信扔進一旁的垃圾桶。

點著紙燈籠的個人湯屋裡，只聽得到水聲。

我一邊吸著檜木香氣，一邊泡湯，心情舒緩不少。凝視著隔板另一頭的水波，眼前卻是一片曖昧昏暗。

凜冽夜風撫著發燙的雙頰。

「聽說星空很漂亮，可惜天色陰陰的。」

身後傳來我聞的聲音，我回頭。他的壯碩身軀一沉，溫泉剎時溢出。被熱氣迷濛的臉上留著些許鬍渣，個性溫和的他這模樣看在異性眼裡頗有魅力。

「正親那小子吃完飯，馬上就睡著了。一家人可以一起泡湯，個人湯屋就是有這個好處。」

我聞這番話讓我苦笑。雖說是因為住宿，所以招待免費泡湯，但我也不可能和小學四年級的兒子還有丈夫一起泡湯。

我聞將濡溼的前髮往後撩，好久沒近距離盯著他那張沒戴眼鏡的臉。

「怎麼啦？」

「果然你摘掉眼鏡，給人的感覺不一樣呢！」

他笑著伸展雙手，靠在浴盆邊，溫泉又溢出不少。

「真的很謝謝你。」

「怎麼啦？突然這麼說。」

我聞不解地反問。

「因為家事和正親都是你在打理啊！」

我喃喃道，整張臉都快沉入水中。

「又被迦葉說了什麼嗎？」

他冷不防這麼問。我凝視他那肌肉隆起的肩膀，回說是關於拍照的事。

「不是要妳別在意嗎？那小子其實滿大男人主義呢！」

「迦葉喜歡你，希望你能做自己最想做的事。我也是，婚前告知你我懷了正親那時，也在想同樣的事。」

十年前的寒冷傍晚，我們約在學校研究所附近的咖啡廳碰面，姍姍來遲的我聞落坐我對面。

瞧見水滴從他身上的皮衣滾落，我望了一眼朦朧的窗外，這才發現外頭下雪了。

我告訴他，我懷孕了。我聞雙眼圓瞠，一臉驚訝地問我「真的嗎」。

「應該錯不了。雖然我上個月有避孕，但你還記得有一次是臨時起意嗎？應該是那時候吧。」

還記得我一邊說明，一邊將杯子湊近嘴邊，溫牛奶的味道讓我輕嘆一口氣，將杯子放回杯盤。

「就算不生下來，也想告訴你。反正我會自己處理去醫院的事。」

「咦？為什麼？」

我詫異地對突然往前傾，差點讓杯子裡的水溢出來的我聞說：

「你不是一心想成為新聞攝影師嗎？我也得完成碩士論文啊！」

「我放棄當新聞攝影師。」

他的斷然回應讓我茫然。畢竟他已經拿過幾個小獎，也在籌備明年春天的新作個展。

縱使如此，我聞還是很堅持：

「別管我的夢想了。我來照顧孩子，我們結婚吧！」

我靠向我聞的左肩。

「我爸媽很感謝由紀呢！」

這句話讓我詫異地抬頭。水面起了一陣漣漪，旋即消失。

「我們過得比較拮据時，爸媽資助我們不少，結果我這個媳婦還讓他們的長子成了家庭主夫。」

「兩老覺得與其讓我去那種戰爭、恐怖事件不斷的國家跑新聞，不如待在日本工作比較安心；況且他們只有正親這孫子，我看迦葉那德性，終身大事還有得等囉。」

「迦葉只回去看爸媽嗎？」

「嗯，他還是不願意去探望生母，倒是偶爾會去我家吃飯。」

我回應「是喔」。

迦葉其實是婆婆的外甥，只是因為父母離婚，當時年僅八歲的他寄住真壁家，現在很少有人會主動提起這件事。

我沖完澡，換上浴衣和短外褂，我聞站在我面前，看著我濡溼的頭髮。

「對了，我想看妳留一次長髮。」

「有人說我不適合留長髮。」

誰啊？我聞問。我邊摺毛巾，邊避開這話題：

「要是再不回去，正親搞不好會起來找我們。」

我聞說了句「也對」，隨即開門。從山上吹來的夜風拂過發燙雙頰，真的好舒服。

我們回到房間，瞧見熟睡的正親半個身子探出被子。

我坐在靠窗的椅子上，在昏暗中滑著手機，收到一封新文化社辻先生寄來的關於工作的郵件。

「我和聖山環菜小姐多次溝通後，她還是非常希望請真壁醫師協助出版這本書。雖然曾取消和您合作的計畫，還望您不計前嫌，重新考慮。另外，我收到聖山環菜小姐寫給您的信，已經寄到您工作的地方，還望撥冗看信。」

週一早上到診所時，發現一封咖啡色信封混夾在廣告傳單中。

我打開玻璃門，經過櫃臺，走進辦公室。

站在拉下百葉窗的靠窗桌子旁，啜飲一口熱咖啡後拆開信，抽出白色信紙。絲毫不像年輕女性品味的樸素設計，應該是辻先生帶去看守所給她的吧。我思索著，開始看信。

真壁由紀醫師：

謝謝您前陣子特地來看守所探望我。

那時我沒有說，其實庵野律師反對出書一事，他說也許會影響開庭審判時的心證。

但自從和您見面後，我想知道我的事。

為什麼我會被關進看守所？

為什麼我會成了殺害親人的凶手？

明明在這之前，我一直過著平凡生活，有朋友、也有男朋友，有未來，也有夢想。

我好幾次這麼想，也許是我的腦子有問題。連反省都不知道從何反省的我肯定會下地獄吧。

拜託您了。請治療我，讓我當個會有罪惡感的人。

聖山環菜

觀葉植物隨處擺置的咖啡廳有種莫名的懷舊感。

收銀臺旁邊還擺著粉紅色公用電話。我心想大概只有御茶水一帶還有這樣的店吧。遲到五分鐘的迦葉一屁股坐在破舊的皮沙發上。

他喝了一口水，朝坐在對面的辻先生說：

「不好意思，因為出門時突然接到一通電話，所以遲了些。北野律師等會兒就到。」

辻先生也點頭行禮，客氣表示百忙之中打擾了。莫非他是熱愛運動之人？橘色羊毛衫包裹的背部意外厚實，感覺和他那嬌小個頭與銀框眼鏡有些格格不入。

「勞煩您這時間跑一趟，實在太感謝了。我也很怕出書一事會影響判決，所以關於出版時間，我的上司也同意待判決結果出爐之後再推出。倘若還有其他問題，還請您不吝賜教。」

辻先生這番話誠懇表達對於這件事的處理與安排。

「畢竟這是被告的希望，我也會盡量予以尊重。」

口氣冷靜的迦葉並沒有看向我。吧檯內熱氣蒸騰，耳畔流洩著古典樂。

迦葉一邊換腳翹，「對了，辻先生今年貴庚？」一邊這麼問。

「二十七。」

辻先生回道。迦葉拿起咖啡杯，冷不防驚呼一聲「哇喔」。

「好年輕喔！真好啊！這年紀時的我可說無所不能，不管是熬夜工作還是玩樂。」

辻先生看到迦葉的笑容，總算安心似的，趕緊搖頭說「哪裡、哪裡」。

「庵野律師也很年輕吧？」

「不年輕囉！馬上就要跨入三十後半了。也到了不能隨心所欲、沒行情的年紀啦！真是羨慕辻先生啊！」

連珠砲似的輕鬆口吻，還露出讓辻先生鬆懈不少的笑容，這就是迦葉慣用的伎倆啊！我在心中低語。迦葉突然看向我，說道：

「畢竟嫂子是專業人士，所以書稿內容應該不用太擔心吧。」

流洩的曲子摻雜些許雜音，這才發現店內播放的是黑膠唱片。

「其實我得知真壁醫師和庵野律師是親戚一事，真的很驚訝呢！」

辻先生這麼說時，店內的掛鐘響起報時聲，店門開啟。明明外頭有點冷，只見有個男人滿頭大汗地晃著壯碩身軀走進來。

「哎呀！不好意思，我遲到了。喔！庵野律師，上週真是謝謝了。」

「勞煩北野律師跑一趟。」

迦葉點頭招呼後，露出一抹不懷好意的笑。

「你應該不是一路……拼命跑來的吧？」

北野律師發出高亢笑聲，笑嘻嘻回應：

「庵野律師還是這麼愛說笑啊！」

我滿腹疑惑地笑著向他打招呼後，北野律師一邊用溼巾擦汗，一邊說明：

「我和庵野律師從實習時期就認識啦！經常相約喝得醉茫茫。庵野律師，你還記得罰酒遊戲嗎？虧我們居然沒喝死呢！」

「就是啊！我們那時都是一群臭男人聚在一起。對了，辻先生也玩過罰酒遊戲吧？」

「我沒辦法啦！我酒量超差。」

辻先生否認自己是海量。

「是喔。對了，我沒和嫂子一起喝過呢！算是幸運囉！」

迦葉。我靜靜打斷他的話，在場男士們反而一臉好奇看向我。

「嫂子可是海量啊！不好意思，扯遠了。回歸正事吧。」

「好的。聖山環菜小姐是以殺人罪起訴，是吧？那麼最終會被判什麼罪呢？」

北野律師回覆辻先生的提問：

「這個嘛，其實還很難說。以過往判例來看，殺害親人的罪行依案子不同，刑期也有很大差異。」

「對了，精神鑑定結果出來了嗎？」

我問。北野律師頷首。

「精神狀況沒問題，也被判定有責任能力。我是認為畢竟她還年輕，如果全盤認罪，讓人看到她反省的態度，肯定有加分作用，庵野律師卻希望她表現得強硬一點。」

迦葉將食指擱在桌上，一副要將話語從桌邊拖出似的。
「問題在於她母親。」
「母親？」我反問。
「嗯。從她事先購買凶器，將父親叫到隱密處刺殺的情況看來，要推翻她是蓄意殺人的說法幾乎不可能，所以為了至少能酌情量刑，需要她母親的證詞，但她拒絕出庭為我方作證，只同意當檢方的證人。」
我一時語塞，辻先生倒是身子前傾，「意思是，母女的立場對立嗎？」這麼提問。
「沒錯。雖然環菜承認殺死父親，但她否定是蓄意殺人，動機也還沒查清楚，所以這案子有種一切只能在法庭上看著辦的感覺。」
北野先生開口：
「庵野律師，我看還是老實認罪比較好吧？只憑父親反對她報考主播這殺人動機也太牽強了。」
「的確很牽強啊！所以啦，北野律師，難道你沒想過或許有其他理由？我看檢方對這案子起碼會求處十五年以上徒刑吧。所以我的目標是至少減刑將近一半。」
將近一半？我和辻先生不由得異口同聲反問。
「呃，庵野律師，這的確是起凶殺案，沒錯吧？減刑將近一半……這有可能嗎？雖然我不是很懂法律。」

「意思是，有理由能減輕刑期？」

迦葉抬起頭，「這就得往下挖掘才知道了。若是真的另有隱情卻沒被發現，而讓她在牢裡度過人生的黃金歲月，無法重新來過，這樣還有公理正義可言嗎？」這麼說。

「犯下殺人罪可是會被隔離社會十幾年。就算有罪，要是能減輕幾年刑期，人生可是完全不一樣。」

瞬間靜默後，辻先生頗有感觸似地用力點頭說「的確」。

我趁著討論空檔，悄悄瞄了一眼手錶，下午的約診時間迫近。

「我大概明白了。因為我還有工作要處理，必須先走一步，不好意思。」

聽到我這麼說，男士們回過神似地喝水，也紛紛表示還有工作要忙。

結完帳，步出咖啡廳，頓覺外頭空氣好乾冷。因為迦葉工作的地方就在附近，所以他先行離去，我們三人則是一起走到御茶水車站。

走在寬敞坡道上，迎面吹來一陣大樓強風。

我們隨著車站附近大學的一群學生通過驗票口，北野律師說：

「別看庵野律師那樣子，其實他是個很有正義感的人，我很尊敬他。不少律師都不想碰這種刑案呢！」

身穿深藍色西裝的北野律師予人一種老練感，聲音聽起來卻意外年輕。

「我還以為律師經手的案子是以刑案為主。」

「其實處理刑案賺不了什麼錢。我們同期中有手腕的傢伙都是接些外商公司併購案，住在赤坂的高級大廈囉！」

「有錢人都喜歡住在高處，八成很享受俯瞰的感覺吧。」

辻先生的這番批評讓我笑著步下通往月臺的樓梯。

三人站在月臺上，不但有種眾人都要回歸工作崗位的氛圍，還有著像是圓錐、圓柱與球體排排站的奇怪感。風衣下襬一翻飛，露出我那穿著絲襪的雙腳。

「雖然沒有血緣關係，但總覺得庵野律師與真壁醫師給人的感覺很相似。」

北野律師說。

辻先生附和「我也覺得」，從口袋中掏出手機。只見他一邊隻手掩嘴接聽電話，一邊走遠。

留下我和北野律師面面相覷，幸好他的笑容讓我放鬆不少。

「當然會根據被告的殺人動機斟酌刑期，但我認為大概會判個十三、十四年吧。」

對女性而言，人生最珍貴的雙十年華竟然在牢裡度過，熬到出獄也已經三十好幾了。

的確如迦葉所言，這是一段漫長時光。

另一方面，我不清楚對於犯下弒父這種超乎常理罪刑的嫌犯，究竟有多少能夠辯護的餘地。

北野律師要我們一起加油、守護聖山環菜。我誠惶誠恐地點頭說「也請指教」。

電車進站，北野律師突然想起什麼似地問：

「我想真壁醫師的工作應該很忙，所以是早就想寫這樣的書嗎？」

強風吹得髮絲遮住視線，我抓著背在肩上的包包，看向北野律師。

「是的，我想靠這工作變得很有名。」

似乎沒想到我會這麼回答的北野律師霎時沉默，我馬上補了句「當然沒這麼簡單囉」。他笑著回應「是喔」，向走進電車的我點頭道別。

只剩下自己一個人時，腦子突然冷靜下來，煩惱著真的要接下這差事嗎？對我來說，再和迦葉有所牽扯絕沒好事。況且委託者是被害人也就算了，自己的名字還和殺人凶手牽扯在一起多少有風險，我也不想因為愚蠢的判決而壞了自己的名聲。凶手的母親只同意作為檢調一方的證人，這件事讓我十分在意。

就在我陷入苦思時，手機震動。因為是在車上，所以不想理會，但一看螢幕顯示迦葉的名字，趕緊背對人接聽電話。

「剛才匆忙離開，不好意思。嫂子已經回診所了嗎？」

電車剛好到站，車門開啟。我一邊下車，一邊回答還在車站，眼前再次出現一片蔚藍晴空。

我問「怎麼了」，吸入冷風的同時，迦葉說：

「有件事想告訴妳。」

「就像北野律師說的，現階段對我們相當不利，而且環菜的證詞有許多不合理的地方。老實說，我起初絲毫不同情殺害父親的她，但得知她母親同意成為檢調一方的證人後，總覺得另有隱情。」

「我也是這麼想。」我慎重回道。

「是喔。所以我們必須找到真相才行，那個家究竟發生了什麼事？我想若是以由紀的立場來看，或許能掌握到什麼不一樣的線索。」

在看守所會客室與我相對而坐的聖山環菜，看起來比之前放鬆許多。

她帶著些許欣喜的笑容看著我。

「真壁醫師，請多指教。」很有禮貌地行禮致意。

我將文具用品擱在膝上，回以微笑。

「今天心情如何？」

「還不錯。昨天庵野律師、北野律師來過，朋友也來探望，還帶這給我。」

環菜雙手抓著白色帽T下襬。我好奇問她朋友的事。

「她叫香子，是我從小學就認識的朋友。她是個很聰明的女生，我從以前就很依賴她，她卻一直視我為最好的朋友；雖然我們不是念同一所大學，但每個月都會相約逛街、吃飯。」

我問香子就讀哪一所大學，是比環菜就讀的學校更好的知名學府。既然環菜有個從小學就認識，品學兼優的閨蜜，也許更能客觀掌握她的家庭背景。

雖說如此，畢竟我們尚未建立信賴關係，要是提出想見她朋友的要求，恐怕會遭拒絕，所以我決定先按兵不動。

「我看了妳寫的信，有很多想問的事，但因為會客時間有限，實在有點傷腦筋。」

環菜沉默不語。她的睫毛好長，神情變得嚴肅的她突然眼眶泛紅。

「……我也不知道該怎麼辦才好，一切麻煩您了。」

「這樣好了，下次會面前將妳和母親相處的情形寫成一封信給我，如何？」

我提議。環菜瞬間皺眉，露出有點為難的表情。

「不方便嗎？」

「呃，不是的。」

她將手擱在穿著牛仔褲的膝上，有些慍怒地說：

「明明被殺死的是我爸，為什麼要問我媽的事？」

「是沒錯，但還是希望瞭解一下妳和母親的關係，當然也可以說些關於父親的事。」

「是可以，但我和我媽的相處情形就是……很一般。」

對了。我問：

「妳在給我的信中，寫了一句『請治療我』，是因為想到什麼事，讓妳這麼寫嗎？」

我窺看站在環菜身後的獄警側臉，又瞄了一眼手錶，會客時間僅剩幾分鐘。

「就是明白別人的痛苦，或是感同身受別人的心情。」

「還是感受別人的痛苦之前，妳能感受到自己的痛苦？」

只見環菜怔怔地不知道在嘟嚷什麼。

「不是的，不過是我不好。」

她那空虛雙眼彷彿回魂似的，我要她試著好好想想我現在說的話。

步出新宿車站，街上籠罩在一片昏暗中。

從高架橋下仰望的高島屋百貨公司的燈光似近又遠，我避開快步疾走的人潮前行。驗票口一帶亮得刺眼，令人目眩。我搖搖頭，步下樓梯時，手機響起。

「喂，由紀，是我。」

聽到這聲音，我整個人不由得緊繃。

「妳那邊好吵，聽不太清楚。還在外頭嗎？正親呢？」

面對如此急促的口氣，我回道：

「媽，我現在在新宿，要去家電用品店買東西。」

「買好就馬上回家嗎？」

是啊。不待我說完，她就搶話：

「我大概一個小時後去妳家，把前陣子和大家去英國旅行買的伴手禮拿給妳。妳不是很喜歡吃那個嗎？奶油味很重的餅乾。」

母親當然沒說明「大家」是哪些人。其實就近去「咖樂迪」就能買到進口甜點，不是嗎？思索著要怎麼拒絕的我遍尋不著理由，突然提議：

「不如我們在外面吃吧！反正正親也回家了。我也還沒做晚飯。」

母親冷淡回應「好吧」。

「肉類就免了。我在國外旅行時吃太多，已經吃膩了。看看有沒有哪家壽司店比較好吃，預約一下。」

母親交代完，便掛斷電話。

我嘆了一口氣，趕緊搭電車。

我靠著車門傳訊息給正親，立刻收到「好煩」的回訊，決定無視他的抱怨，將手機塞回包包。不管再怎麼麻煩，為了不給自己增添壓力，實在不想讓那個人來我家。

我們約在離車站稍微有段距離的某家知名壽司店，母親點了她愛吃的東西，正親也跟著點了中腹鮪魚壽司和海膽壽司。

母親將運動夾克和裝滿甜點的紙袋遞給正親。就在我們準備結帳離開時，她打開錢包，回頭對我說：

「抱歉，想說今天要去妳家，所以沒帶那麼多錢出來。下次再請，可以嗎？」

我趕緊從錢包拿出幾張千元鈔遞給她。

「我有零鈔。要是刷卡的話，先把我們這份的錢給妳。」

是喔，謝囉。母親的口氣依舊冷淡。只見她一臉無奈地掏出金卡，我盯著她那簽名結帳的手。

我們步出壽司店，走在昏暗巷弄時，「我口渴，想去喝個茶。」母親說。

我看向馬路對面的大型超市。

「我聞快回來了。我得先去買點東西。」

「哦，是喔。」

母親失望似地喃喃自語，垂著被黑色上衣包覆的肩膀。

「妳有個體貼的老公，可真是好命啊！不像妳爸，還是三天兩頭就出差。反正我會和鄰居太太們一起去旅行、聚會，自己找樂子。不過妳都不主動打電話回家關心一下，真是有夠冷淡。」

「我來打吧！」

母親微笑撫著這麼說的正親的頭。

「還是我的寶貝孫子最可愛了。那我回去了。」

有點不捨似地說。

我朝她揮手道別後，拉著正親快步走過亮起綠燈的馬路。盡完身為女兒的義務後，一股安心與疲憊感瞬間湧上心頭。

我提著購物籃，站在生鮮食品區選購絞肉。

「媽，妳今天心情不好嗎？」

正親問。他那和我聞一樣溫柔的眼神深處，潛藏著不願讓步的冷峻感。我特別喜歡正親他那陰沉與溫柔並存的眼神。

「沒這回事。」

我一邊將混合兩種肉類的絞肉放進購物籃，一邊回應。

「明天午餐吃漢堡肉吧。你應該敢吃芹菜了吧？」
「外婆好像很討厭自己付錢，之前也是這樣。」
正親這番話讓我的心揪了一下。不知該如何回答的我想了一下才說：
「她就是那種習慣依賴別人的人吧。媽媽小時候啊，外公總是不在家，常常只有我和外婆而已，所以她是想向女兒撒嬌吧。」
「是喔！我們家不也一樣嗎？只是角色對調。」
「我們家比較常找時間聚在一起。」
我心懷內疚地反駁，正親突然鬧起孩子脾氣似地大吼：
「外婆說什麼有個體貼的老公、真是好命，說得好像媽媽完全沒盡到做母親的責任，才沒這回事吧？」
我感動得想抱住正親的頭，只見他嫌煩似地拼命抵抗、逃離。
我一邊看著正親跑向餅乾糖果區，一邊喚他：
「等等！外婆不是給了一袋伴手禮嗎？」
正親馬上回嘴：
「才不稀罕她的餅乾呢！」
我無奈地想，明天午休時和里紗一起吃掉那袋餅乾吧。

真壁由紀醫師：

謝謝您前幾天來探望。我想試著寫信。

我思索著出生後的初次記憶，腦中浮現裡頭有個雪人的雪花玻璃球。

記得念幼稚園時，有次因為長期在國外工作的父親回來，我和母親去機場接機。

從機場返家的計程車上，父親遞給我這顆白色雪花玻璃球，閃亮亮的紙片雪飛舞著。

記得是他在倫敦買的伴手禮，那時我好開心；但現在每次一想到裡頭那尊微笑的雪人，心情卻很差。

那是他第一次，也是最後一次送我禮物。

父親回國後，我們還居的獨棟房子有一間別館，那裡是父親的畫室。

父親嚴厲告誡我不准擅自進去那棟有如小小的家，我覺得很有趣的地方。

我從沒違抗過父母，也沒吵著要什麼東西，比起其他小孩，算是頗乖巧聽話的孩子。

母親是個很溫柔的人，家中大小事都是父親說了算。

父親從就讀藝術大學起，就是師長們眼中前途無量的可造之材，甚至有名到那時修藝術理論這門課的母親也曉得聖山那雄人這號人物。

母親常提起她在大一的校慶時，看到父親那幅得獎作時的情景。

她說偌大的展廳裡，只有父親的那幅作品看起來栩栩如生，低頭垂目的女子側臉猶如真人。

自覺沒什麼能耐的母親從以前就很憧憬有才華的男人。

我覺得對於審美觀高人一等的父親而言，母親是理想對象，因為她可是出了名的校園美女。

母親常說自己沒什麼長處，只是長得好看罷了。所以常被別人欺負，每次出手相助的就是父親。

寫了很多，有點累了。不好意思，晚安。

聖山環菜

一下雨就氣溫驟降，連著好幾天都很寒冷。

走在從車站到診所的柏油路上，水滴飛濺，沾得絲襪和風衣下襬有些髒污。

我將包包塞進置物櫃，照了一下鏡子，這才發現自己一頭亂髮，幸好下午沒有約診，趕緊打電話到附近的美容院預約剪髮。

午休時間一到，我吃了個超商買的飯糰，便前往美容院。這樣就算臨時有人約診，也可以馬上趕回來。

因為下雨的關係吧。位於目白大道上的美容院生意清淡。我坐在靠窗的椅子上翻閱髮型目錄，翻到短髮那一頁時，突然想起我聞說想看看我留長髮的樣子。

女設計師走過來，問我想剪什麼樣的髮型。

「我想試著留長，所以稍微整理一下就行了。」

「好的。真壁醫師一直都留短髮呢！」

女設計師一邊幫我梳頭，一邊說。我點點頭，掏出手機，正想瀏覽網路新聞時，冷不防停手——

超級美女殺人犯的前男友道出驚人真相：「我是她的奴隸。」

我花了一點時間才看完週刊雜誌的摘錄內容，因為這段時間必須躺在椅子上洗頭。洗髮時，我一直很在意剛才看到的那則報導。

頭髮整理好後，我隨即步出店門，將殘留洗髮精香味的髮絲撥至耳後，打電話給迦葉。響了一陣後，轉至語音信箱。

我快步走在雨中，一邊上網搜尋相關新聞。網路上充斥著「自拍也太耍性感了吧」、「就是個內心生病的女人囉」諸如此類的閒言閒語。就在有股不快感從胃袋深處湧起時，迦葉回電。

「嫂子，那篇報導寫的都是垃圾話。」

迦葉迸出的這番話讓我的心情稍稍平復。

「環菜小姐曉得這件事嗎？」

「我本來有點猶豫，但還是決定告訴她。她好像馬上猜到是誰，這個叫賀川洋一的傢伙是已經畢業的大學學長。」

「他們以前真的是情侶嗎？」我問。

迦葉回道：「要說是情侶好像有點微妙吧。」

「我沒看之前的報導，有刊出她的私密照嗎？」

我試著探問，迦葉倒是爽快回應：

「只有刊出一張她穿泳裝的照片吧。那傢伙說沒有拿出更誇張的照片。」

我撫胸說「那就好」，有種鬆了口氣的感覺。雖說如此，環菜肯定很受打擊吧。

「我想去見見賀川洋一。」

「我可以同行嗎？」

也許是基於立場無法馬上回答吧。迦葉故意岔開話題：

「對了，妳那邊如何？有什麼進展嗎？」

我輕嘆口氣。

「沒有。就還是繞著面試時，和父母起爭執是殺人動機這問題打轉。」

「是喔。可是他們為何如此反對呢?既然寶貝獨生女那麼想當女主播,鼓勵支持她就好了啊!」

「所以啦,我也覺得這件事是不是另有隱情,想說和她的前男友見面的話,或許能釐清什麼。」

「原來如此,我會聯絡看看。」

迦葉回道。準備掛電話時,躊躇良久的我決定開口:

「迦葉。」

「什麼?」

「我們是不是應該開誠布公,好好談一次呢?」

沉默半晌後,電話那頭傳來笑聲。

「什麼開誠布公啊?是說我不夠坦白嗎?」

他又話中帶刺。

「我明白了。當我沒說吧。」

果然還是沒變啊!有此感觸的我很乾脆地結束這話題。

「可以請妳說明一下這麼說的理由嗎?」

他那挑釁的客套說詞讓我深感絕望。為什麼會變成這樣?我又在心裡重複這個問了好幾萬遍的問題，為什麼會變成這樣？

「其實我們無法真正原諒彼此，是吧？」

我停頓片刻後，掛斷電話。

我經過休憩區時，瞧見一對認識的男女主播站著聊天。有張帥臉的男主播呈三七步站姿，年輕女主播則是直盯著對方。

「早安。」

我主動打招呼，女主播回頭，向我道聲早安。

「真壁醫師，您聽說了嗎？一花小姐去世了。我們曾一起主持過好幾次呢！我是看到剛才的新聞快報。」

「咦？怎麼會這樣？」

我詫異地反問。

「好像是……自殺的樣子。她總是那麼努力，是個謙虛有禮的女孩。」

就是啊！我附和，想起一花小姐纖瘦的身形與笑容。與其說她是個不管知名度有多高，都不會自以為是的人，不如說她能屈能伸。我想起她去年底才出版自傳。

「一花她家很誇張，我看她的書，嚇一跳呢！」

「對啊！她這樣披露私事後，備受關注的同時，壓力也很大吧。而且一旦嘗過爆紅的滋味，心態上就很難調適了。當然也不能一概而論啦！」

「是喔。」

男主播了然於心似地頷首，對女主播這麼說：

「有什麼煩心事可以跟我說啊！別自己一個人鑽牛角尖。想吃什麼美食，我都可以請客呀！」

我苦笑著走進休息室。

化妝時，我凝視自己的眼鼻；雖然長得不差，但也稱不上是美女，算是看起來滿舒服的模樣，鎖骨部分倒是特別明顯。

明明和方才那位男主播已經見過好幾次，他卻從未正眼瞧過我。電視圈多的是這種男人，只和美貌八十分以上的女人交談的他們恐怕沒意識到自己如此以貌取人吧。也許對他們來說，習以為常囉。反正他們是生來從沒吃過虧的男人。

我坐在明亮的攝影棚裡談笑風生時，一花自殺一事、與男人們的爭執、緊閉心扉的環菜親筆信，這些事就像崩塌的蛋糕，化為一體地緊緊黏在我心裡。

夜半時分，我聞開門走進書房。

「由紀，要不要回房間睡一下？」

被他這麼一問，我抬起頭，無精打采回了句「我不睏」，瞥見打開的書頁一角折到了，一邊伸手撫平，一邊說：

「反正我現在也睡不著。」

我聞像是想起什麼似地步出房間。

他拿了一包從亞馬遜網站寄來的包裹給我。我馬上拆封，取出一本厚厚的畫冊。

「由紀，這是什麼？」

我說是環菜父親的畫冊。

描繪從少女變成輕熟女的女人群像；有穿和服的女人、穿傳統女傭服的女人，還有露背的半裸模樣。而且都有張性感豐腴的臉，閃亮大眼滲著法國娃娃特有的憂傷，我不禁想起雷諾瓦的畫作。

「你聽過這位叫聖山的畫家嗎？」

「沒聽說過這號人物耶！我對這方面本來就不熟。」

「你覺得如何？」

坐在絨毯上的我重新坐直身子，這麼問。我聞沉思一會兒，「老實說，我不太喜歡耶！」這麼說。

「雖然表現手法非常寫實，卻又有種不太寫實的感覺。」

雖然這些畫的確逼真得會誤以為是真人，但總覺得「真實」映照出的是聖山那雄人的慾望。那眼神、肌膚的質感、氛圍，現實與理想的影像重疊著，我凝視著過於一體化的奇妙畫作。

「千萬別太勉強自己喔！」

聽到我聞這句話，我笑著問他「為何這麼說」。

「我知道無論是上電視還是出書，妳都是為了家裡的開銷和房貸著想，但早點將頭期款還給爸媽這件事，應該由我來負責。我不需要什麼工作室，我們租間價格合理的房子就行了。」

我默默地拿起杯子，喝了一口冷掉的茶。

「還有迦葉的事情也是。畢竟他是我弟弟，有些事不太能明講，況且我知道那小子很難搞。」

「是啊！我也覺得他是個很難搞的人。」

我輕輕點頭。

「記得迦葉小時候突然跑到鄰居家的車庫屋頂，從上頭跳下來。他說因為地上積雪，所以想試試，問題是車庫高度超過兩公尺耶！」

「好危險喔！男孩子就是愛亂來。」

我聞看到我皺眉，笑著補了一句「我可沒這麼做喔」。

「迦葉說他就是要亂來，故意幹蠢事，就那麼突然跳下來。也許那小子天生就有冒險犯難的精神吧，揚名國際的大人物好像都有這樣的特點。要是他能找到顧家又大器的女人，安定下來就好了。」

「就是呀！」

該去睡覺囉！我催促他上床。

我拿著空杯子走向廚房，迅速沖洗乾淨後，將杯子放進置物籃。突然很想大哭，像嬰兒那樣哭泣，宣洩積鬱已久的情緒。

然而，睡意和疲憊已將情緒壓回心底深處，沒那麼亢奮了。況且不再年輕的我覺悟到哭也是需要體力的。

我邊拉好往上捲的袖子，想起在寒冷看守所一室中睡覺的環菜。

可能是因為會客室玻璃隔窗上的洞孔太小吧。那天實在聽不太清楚環菜的聲音。

我將椅子往前挪，身子稍微前傾後，問道：

「為什麼父母那麼反對妳當主播呢？」

環菜以極度壓抑的口吻回道：

「我不知道。爸媽一直要我從事不必在人前露臉的工作，像是老師、研究人員之類比較低調知性的行業。」

對於想成為女主播的女兒來說，老師、研究人員之類的工作性質也差太多了。畢竟女兒年輕可愛，要從事像演藝人員的工作，為人父母會擔心也是人之常情，但總覺得主要是因為她父親堅決反對。

「對了，醫師看過那篇關於賀川先生的報導嗎？」

大概看了一下。我回答。

「妳和他交往過嗎？」

我一提問，環菜立刻強烈否定。

「是他自己硬要追求我，我打從一開始就對他完全沒好感，但他一直說要是分手就要去死。光是想到別人以為我是喜歡那種人而交往，就覺得很丟臉、心情超差。」

「是喔。你們交往多久呢？」

「上大學後便開始交往……大概兩年半左右。」

既然這麼討厭，還能在一起這麼久。這是我的直率感想。

「你們是和平分手嗎？」

「對方說他還是想談普通的戀愛、結婚，找個能相伴一生的人。既然如此，現在卻說自己是受害者，簡直是人渣。」

環菜這番話讓我想起迦葉。

「庵野律師好像要找賀川先生談談。」

「是啊。庵野律師說那種人的話不可信，叫我別太在意。還笑著說沒異性緣、無膽的傢伙才會做這種事。」

環菜的神情明顯開朗許多，卻讓我有點不安。雖然在這種情況下，被告依賴辯護人也是理所當然，但她完全沒提到北野律師這一點讓我頗在意；畢竟依賴的對象是那種很有父愛的辯護人也就算了，偏偏迦葉並非這類型。

我決定直接攤牌。

「我也想見見賀川先生，可以嗎？」

環菜倒是爽快允諾。

「只是那個人很喜歡扭曲事實、曲解別人說的話，所以我有點擔心，不曉得他又會胡說什麼。」

沒想到環菜如此坦白關於那個人的事。也許能從感情方面，探索她的內心世界，於是我又問：

「你們是怎麼認識的？」

「大學一年級社團出遊賞花時認識的。那時賀川先生已經畢業了，但他主動向我搭訕，我覺得他個性滿好的，是個跟大家相處融洽的學長，便交換聯絡方式。後來收到他的郵件……雖然我拒絕過好幾次，但碰巧那時我和男友處得不太愉快……所以找賀川先生商量，他也很幫忙，我們就這樣在一起了。」

雖然環菜並未吐露太多，但那句「幫忙」就能窺見她的感情路似乎有些複雜。

「他會主動買昂貴的東西送我，半夜開車來我家，卻從沒真正理解過我，只是喜歡我的外表罷了。說什麼我們交往後，我很難搞、愛說謊，說穿了就是要和我分手！」

我問情緒有些激動、呼吸變得急促的環菜：

「妳還記得妳曾說過，對自己的事情有所隱瞞嗎？」

只見她一副吞吞吐吐樣。

「因為那是真的……我也沒辦法。」

「好比撒了什麼謊呢？」

我邊確認時間，邊問。等待回應著實令人著急，況且現在時間窘迫，無法給對方足夠的思考時間。

環菜搖頭，語帶含糊地說現在想不起來具體情形。

「可是，妳不是一直被這麼說嗎？」
「被誰？」
環菜的表情愈來愈緊繃，會客時間即將結束。
「可以請妳在下次寫給我的信中具體說明嗎？」
她有點緊張地點頭說「好」。
「希望妳能告訴我從初戀到案發當日，妳的種種感情事。無論是讓妳受傷的事，還是最開心的事、討厭的事，什麼都行。」
瞬間，環菜突然眨了眨眼。
「怎麼了？」
她沒有回答。莫非戳到她的哪個痛點嗎？我突然這麼想。這孩子很在意剛才我說的那番話。
無奈會客時間結束，獄警走過來，迅速將她帶走。
我走向看守所的門廳時，瞥見迦葉站在櫃臺那裡。
他穿著別有律師徽章的西裝，右手提著應該是件手禮的袋子，瞧見袋子上印著主打年輕女性客層，價錢經濟實惠的服飾品牌，我挺佩服他連這種事也熟知。
我們擦身而過時，視線碰個正著，我主動出聲：

「環菜同意我和賀川洋一先生見面，麻煩你安排了。」

迦葉搔搔眉間，頗為無奈地說「知道了」。

我步出看守所，走向空蕩蕩的停車場時，身後傳來腳步聲。不待我回頭便被攫住左手臂，害我嚇得差點大叫。

迦葉像陣強風似地繞到我面前。

「我問妳，剛才會面……」

迦葉鬆手，口氣急迫地質問。

「你們會面後，她就身體不適送醫，到底是怎麼回事？」

迦葉悵然地俯視我。

「要是太胡來，可是很傷腦筋啊！畢竟我這邊離開庭審判也沒剩多少時間了。」

「你是要我別提我看到的問題嗎？」

我忍不住反駁。

無風吹拂的馬路上，只聽得到來往車輛的刺耳引擎聲。迦葉身上的衣服飄散著濃濃的柔軟精香味，人工製品的清潔感和他實在不搭。

「會面時間不到十五分鐘，她說的話又千瘡百孔，我實在無法掌握這件案子的真相。我也相信你所說的，應該能從對談中發現什麼頭緒，沒想到卻被你指責我在逼她，我很遺憾。」

沉默片刻後，「不好意思，我侵犯妳的專業領域。」迦葉突然收斂的態度讓我詫異。

我也恢復冷靜，隨即道歉：

「我也不好，不該那麼大聲，對不起。」

「我因為找不到證人，實在很焦慮。要是有兄弟姊妹能作證就好了。偏偏她母親不願站在她這邊，又沒其他手足。」

他突然吐露真心話。

「你和環菜小姐的母親談過嗎？」

「只在醫院見過一次。她只說環菜和父親一直處不好，後來就什麼都不想說，對我下逐客令了。沒想到她跑去找檢察官，說什麼正因為自己身為母親，所以不能姑息女兒的罪行。她從沒探望過女兒，都是我買些襯衫、裙子送給環菜。」

迦葉的口氣多少有些無奈，看來他也很辛苦。

「其他親戚呢？」

「我有試著聯絡，她的外祖父母都不在了。和其他親戚也沒什麼往來的樣子。環菜的奶奶則是哭著說沒想到自己拉拔長大的孫女竟然如此忘恩負義。」

我低喃一聲「嗯」，有點在意祖母的這番說詞。

迦葉坐在護欄上，掏出電子菸。

「還沒戒掉啊！」

聽到我的喃喃自語，他苦笑著說「沒辦法，壓力太大了」。

無色無味的煙四散，我們稍微聊一下彼此今後對於這案子要如何著手後，便道別。

因為沒想到賀川洋一會答應赴約，所以瞧見他坐在飯店咖啡廳裡，朝我舉手示意時，還真有些困惑。

臉上掛著和善笑容的他向我點頭致意。身穿咖啡色格紋襯衫，搭配休閒褲的賀川洋一因為斜肩、眼尾下垂的關係，乍見給人頗忠厚的感覺。臉頰留有少許痘疤的他看起來是個質樸青年。

迦葉一遞上名片，一身便服的賀川洋一也掏出名片夾，遞了張名片給迦葉後，仔細端詳接過的名片。

服務人員走了過來。

「要喝什麼？」

這麼問的人不是迦葉，而是賀川洋一。三人都點了咖啡。

迦葉開口：

「環菜小姐說她不會告您妨礙名譽。我希望賀川先生能協助我們釐清這件案子。您與環菜小姐是從她就讀大一時開始，一直交往到去年秋天，沒錯吧？」

「嗯，是的。我到現在還很愧疚自己對環菜做了很差勁的事……那則報導曲解我說的話，害我被學弟妹們責備，也讓我深刻感受到原來新聞報導多是造假。」

所以說，報導內容全是胡謅的囉？他身後的玻璃窗映著新宿副都心的摩天大樓群。

「賀川先生，很差勁的事是指什麼？」

迦葉問。

「我甩了環菜。」

「喔，原來是這樣啊！」

賀川洋一神情嚴肅地回道。

「咦？你們沒聽說嗎？因為她移情別戀，我們才分手的。我那時真的很喜歡環菜，對年紀比我小的她可說是呵護備至，但實在無法原諒她劈腿……現在想想，她是想尋求別人的慰藉吧。但實在沒想到女孩子也會劈腿成性。」

「這種事情不分男女都很傷腦筋吧。」

我說。

「我責備她劈腿的事，她竟然對我破口大罵。環菜一旦情緒激動就無法控制，彷彿變了個人似的，那時的我活像她的奴隸。」

「所以你就想向週刊雜誌爆料？」

迦葉一邊前傾身子，一邊問。

「我沒有要報復她的意思，只是真心覺得只有我最瞭解她的事。週刊雜誌打電話給我，說什麼其他報導很誇張，所以我就……」

「既然你很瞭解環菜小姐的事，可以請教一下她家的狀況嗎？」

「她家的狀況？喔喔，聽說她和父親相處不睦，不過正值青春期的女孩和父親的關係不都是這樣嗎？只是環菜的情形有點嚴重吧……不，也許不少女孩子都是這樣，但她總覺得自己飽受迫害，我也一直勸她別鑽牛角尖。」

趁賀川洋一將牛奶倒進咖啡，用湯匙攪拌的空檔，迦葉又問：

「所以賀川先生聽聞環菜小姐殺害父親，一點也不驚訝囉？」

沒想到賀川洋一竟露出嚴肅的眼神，用力點頭。

「怎麼可能！當然很驚訝啊！我還哭了呢！覺得自己也有責任。因為我沒辦法給環菜幸福，才會發生憾事吧……嗚……不好意思，真的很抱歉。」

沒想到賀川洋一竟然哽咽，眼眶泛紅。迦葉安慰一番後，回歸正題。

「環菜小姐沒找你談過她遭到父親虐待的事嗎？」

他噙淚搖搖頭。

「沒有虐待這種事，她每天都會回家。只是聽說她小時候曾受過不少不合理的管教，其實我不只一次告訴她，等大學畢業後就能獨立，逃離父母的管控，所以繼續往前走就對了。但環菜非常頑固，根本聽不進去別人說的話，不是嗎？」

我反問：「其實環菜小姐希望你能更理解她，不是嗎？」

賀川洋一斷然地說：「要是真能這樣，我們在一起時就不會那麼辛苦了。」

「我真的很努力想和她一起面對任何事。像她向我訴苦遭前男友施暴時，我真的很擔心，讓她暫時住在我家。」

這時，迦葉以慎重的口吻問道：

「關於這件事……我聽環菜小姐說，她向你訴苦遭前男友施暴一事時，你強迫她和你發生關係，這是真的嗎？」

只見賀川洋一雙眼圓瞠，發出「啊?!」的驚呼。

「等、等等！我怎麼可能做這種事啊?!真的沒有！天大的誤會啊！我清楚記得那時的情形，是她自己跑來我家，我們做那件事時，她還面帶笑容。不會吧……果然環菜有點不對勁，其實我覺得她根本是說謊成性。」

「說謊成性？」

我詫異地反問。

「是啊！而且很離譜。當我聽到大學學長和環菜上床時，真的氣到想去死；可是我們談分手時，環菜一直哭，加上她動不動就割腕要脅，所以我遲遲無法下定決心和她分手……旁人看來也許是我背叛了她，但其實我也很痛苦。」

他像是拒絕再回答似地陷入沉默。「割腕……」我喃喃著。因為她總是穿著長袖衣服，所以沒注意，莫非她習慣自殘？

就在我們向他道謝，結帳完準備離開時，迦葉望著先行去趟男廁的賀川洋一背影，喃喃道：

「說到底，賀川洋一到底瞭解環菜什麼啊？」

在回程的地鐵車廂裡，迦葉拉著吊環，彷彿想起什麼似地說：

「環菜說有些事想對妳說，會再寫信給妳。」

也許是因為迦葉的手往上舉吧，更覺得他手長腳長。

「知道了。謝謝。」

我點點頭。車窗上映著自己這張疲憊的臉，突然察覺嘴脣很乾。

我將快滑落的肩包往上拉，總覺得有些話悶在心中。迦葉突然開口：

「要是有什麼想說的，不必客氣。」

「環菜小姐說賀川先生強迫她發生關係一事是真的嗎？」

「這個嘛，是她告訴我的，但是看賀川的反應，感覺不像說謊啊！我也一頭霧水，不過分手情侶的說法有落差也不奇怪就是了。」

「話雖如此，畢竟兩人的說詞完全相反，很難叫人不在意。」

就在我這麼說時，坐在面前的人起身，空出一個座位。

迦葉示意我去坐，我搖頭。因為被站在面前的他俯視，感覺很不舒服。

不過自從在看守所那件事以來，和他說話變得輕鬆多了。

「今後要是有什麼事，我也會盡可能告知妳。」

迦葉說。

「謝謝。明明我沒立場要求你這麼做。」

「一起探尋更有效率囉！」

「對了，迦葉。」

聽到我脫口而出他的名字，他突然警戒似地沉默不語，一副將卸下的殼又套回身上似的樣子。為了避免刺激露出緊張眼神的他，我小心翼翼地說：

「我想和環菜小姐的閨蜜談談，可以嗎？因為還不是很瞭解環菜小姐，想說透過她的好友也許能知道些什麼。」

「喔，也是啦！那位女性友人好像買了不少東西給她，我也想過找她聊聊。我先確認一下，看怎麼樣再跟妳說。我在這裡下車，先走了。」

迦葉輕輕舉手示意後，隨即下車。

車門關上，電車緩緩駛離。走在月臺上的迦葉突然回頭，和我的視線撞個正著。

無法輕鬆回以微笑的我別過臉。

地鐵朝向望得見夕日餘暉的地面疾駛。我凝望著越來越亮的窗外，思索著。

一探索環菜的過往，思緒就會跟著回到我們共有的那段時光。

縱使如此，無論是我還是迦葉，恐怕到死還是無法坦誠面對彼此吧。

大學附近的河岸邊已是一片深秋景致，地上積著厚厚一層染上顏色的樹葉。

傳來踩著枯葉的聲音，我猛然回頭，瞧見長靴的鞋尖朝向我這邊。

女子身穿繫著腰帶的大衣，肩上的黑色真皮包包凸顯年紀尚輕的她很時髦，那雙閃亮眼瞳棲宿著強烈意志。她以毫不怯弱，果斷的口氣打招呼：

「庵野律師與真壁醫師，是吧？環菜受你們不少照顧。我是臼井香子。」

這時，她的身後不斷有樹葉散落。

我和迦葉點頭回禮，向她道謝。她用力搖頭說「不客氣」。相較於身陷囹圄的環菜，香子美得像是一朵燃燒的花。

「我們去附近的咖啡廳，如何？」

她卻拒絕迦葉的提議，說：

「還是邊走邊聊比較好，畢竟是說些不能被那些大學生聽見的事。」

我想，她是不想被別人察覺她和環菜是朋友吧。

「我認為我們依然是好姊妹，所以不想被別人知道她的隱私。環菜也寫了封信給我，告知兩位是可以信賴的人。」

香子開始說明。

「妳和環菜小姐是從小學就認識的朋友吧。」

「是的。我們熟知彼此的個性和家庭狀況。直到環菜開始交男朋友之前，我和她是最親密的朋友。」

這番說詞讓人感受到同性之間特有的複雜情感。怎麼說呢？青春期女孩的同性親密情感近似戀愛。

鴨媽媽和鴨寶寶順著平緩的流水悠游著，反射在水面的光帶著些許暗紅色。這幾天的日落西沉特別早。

「已經秋天了。」

她喃喃自語。

「環菜在夏天被逮捕時，我正在附近的星巴克寫分組討論的作業。那天好熱喔！都已經晚上六點多了，外頭還很明亮，一片晴空。」

「妳肯定很驚訝吧。好友竟然做了那種事。」

面對迦葉的提問，香子先是語帶含糊地說起初很驚訝，接著才說：

「其實我很討厭她父親。」

「所以才會發生這種憾事嗎？」

面對迦葉的再次提問，她邊將頭髮撥至耳後，邊回道：

「是的。她父親經常在國外開個展，所以很少待在家裡。偶爾回家，也會當著我的面怒斥環菜。有一次我去她家寫暑假作業，因為房間的冷氣壞了，所以我們去客廳寫功課，她父親竟然衝進來破口大罵，說什麼這是他家，環菜憑什麼隨便帶別人回來，真是叫人不敢相信怎麼會有這種父親。我還聽環菜說，只要她爸爸在家時，她會怕得鎖上門，躲在自己房間。」

迦葉忍不住說「簡直就是個暴君嘛」。

「沒錯。環菜的母親有次去旅行，她將門鎖好後上床睡覺，沒想到她父親突然回來，氣得大發雷霆。環菜嚇得逃出去，打電話問我可不可以去我家，可是那時我在補習班，結果她好像是去親戚家避難。」

「鎖門？」

我狐疑地又問了一次：

「是指拴上門鏈嗎？」

「不是。」

香子立刻回道。

「因為她父親經常不帶鑰匙就出門，所以她家的門肯定常常沒上鎖，就算晚上只有環菜一個人看家時也是。怎麼會有家長讓女兒獨自看家，還要求她不能鎖門。他還會要求環菜當素描模特兒，而且一個姿勢要保持好幾個小時，累得她不時鬧貧血。」

紅色、黃色葉子流經橋下，雲層好像有點變厚吧。只見影子開始變深。

迦葉繞到香子面前，問道：

「素描模特兒是什麼意思？是指當她父親作畫時的模特兒嗎？」

沒想到會突然被這麼問的她挑眉，說了句「不是」。

「他說環菜的臉不適合他的畫風，所以沒讓她當自己作畫時的模特兒。她父親的畫室收了幾個學生，為了讓學生能練習描繪小孩、大人等各種題材，所以環菜是當那些學生作畫時的模特兒。問題是，一群人長時間處在一起，難免會發生各種麻煩問題，我記得好幾次有學生約環菜出去玩，她都拒絕。」

素描模特兒啊！我反覆嘟噥。雖然來學畫的學生不全是男生，但這番話總讓人有一股莫名的擔憂。

「像環菜那麼柔弱的女孩，也許不要長得太討人喜歡比較好吧。」

香子喃喃道。

「香子小姐，妳有聽她提過當模特兒時，遇到什麼討厭的事情嗎？」

「有啊！有個藝大男生對環菜有好感，她不好意思拒絕，只好給了手機號碼，結果對方死纏爛打。記得我還陪著環菜和對方攤牌，她在麥當勞哭著拒絕對方的追求。」

「這也未免太恐怖了吧。那是妳們幾歲時的事？」

「國三吧。環菜還被她爸媽痛斥，責備她讓別人心存期待，自己惹出來的麻煩就要自己想辦法收拾，所以那時她的心情很低落。」

聽慣父母不講理的訓斥。那瞬間，我初次掌握到一點眉目。

「責備環菜小姐讓別人心存期待嗎？」

「是啊。環菜的確很有異性緣，但個性有點不乾不脆。」

「一般父母要是知道念國中的女兒和認識的男人交往，應該會責罵對方誘拐女兒，不是嗎？妳記得環菜小姐的父親或母親說過這樣的話嗎？」

香子一臉詫異，一副初次察覺到什麼似地輕輕點頭說：

「說到這個，環菜說自己之所以常遇到這種事，都怪自己不好。」

「是指什麼事？」

香子扶著欄杆，凝望遠方。

「就是異性關係衍生出來的各種麻煩事。就像那位賀川先生也是，我一開始就很反對，不懂她為何要和那種人交往。」

「對了，妳曉得賀川先生強迫她發生關係嗎？」

我問。香子相當吃驚似地搖頭說「不知道」。

「我完全不曉得。環菜很依賴那個人的樣子，雖然難免會抱怨，但我想她是喜歡他，才會依賴他吧。畢竟他們從一開始交往就總是黏在一起。」

「對了，她有說過父親會家暴之類的嗎？」

我又問，香子說「這倒沒有」。

「我知道她父親脾氣不好，一不高興就破口大罵、管教很嚴格，但家暴的事倒是沒聽說過；不過，搞不好有些我不知道的事。」

我偏著頭，靜靜地問「怎麼說」。

「其實環菜對我並未敞開心房，至少我一直有這種感覺。」

「可是環菜小姐覺得妳是優秀到讓她覺得自己根本配不上的摯友。」

「環菜這麼說嗎？」

香子有點驚訝地反問。

「我覺得環菜從沒真正喜歡過任何人。」

「既然妳這麼想，為何還能和她當那麼多年的好友？身為男人的我實在不太懂。」

迦葉對香子投以試探的眼神，香子大方回應：

「是啊！男人絕對不懂這種事吧。就算環菜不再需要我，我還是會盡我所能地守護她。在她初次主動向我搭訕時，我就這麼發誓。」

只見口氣相當堅決的香子，挑了挑她那秀麗的眉毛與豐腴脣角。

「還記得妳初次見到環菜時的情形嗎？」

我試著這麼問。

「我是轉學生，因為父親的工作關係，曾在紐約住過一小段時間。我講話比較衝，不討人喜歡，所以總是被孤立，只好埋首書堆。某天，請假好幾個禮拜的環菜總算來學校，午休時她突然向我搭訕。我抬頭瞧見她露出有點靦腆的笑容，說自己因為父親工作的關係，去了一趟法國。環菜是班上第一個叫我名字的人，後來我們聊了很多關於書和繪畫的事，就這樣成了好朋友。我要是被其他人惡言相向，個性柔弱的環菜總是邊哭，邊替我打抱不平，我們就這樣一路相互扶持。」

香子訴說往事時，眼瞳深處燃燒著濃烈的同性情誼。迦葉竟然露出充滿敬意的眼神，我也莫名地感觸良多，深深頷首後問道：

「今天真的很謝謝妳。要是還有什麼不太明白的事，方便再請教妳嗎？」

香子懇切回道「沒問題」。

「環菜的事，就麻煩兩位了。我還要去圖書館寫報告，先行告辭。」

她欠身行禮後，隨即離去。

剩下我和迦葉踩著滿地落葉，繼續往前走，迦葉有感而發似地說「明明是好朋友，給人的感覺卻完全不一樣啊」。

「那個叫香子的女孩。」

「嗯？」

「好像很喜歡寶塚呢！」

聽到迦葉這麼說，我回了句「看得出來」，同時察覺有水滴落鼻尖。

從厚厚雲層降下傾盆大雨，正當我後悔今天穿的是米色高跟鞋時，迦葉朝我喊「去那邊躲一下吧」，我們避開地上泥濘，奔向公園一隅的火車造型遊戲設施。

我鑽進駕駛座，迦葉也坐進來，一手抓著車頂邊緣，仰望天空。

突然近距離感受到他那被陰影覆著的側臉與呼吸。

迦葉看向我。

不見他那總是揚起嘴角，帶著訕笑之意的表情，那張堪稱端正的臉上讀取不到任何情感。因為沒繫領帶的關係，喉結看得一清二楚，瞥見有顆襯衫扣子沒扣好，濡溼的耳朵、脖子殘留些許水滴。

「妳也會用這種眼神看我啊！」

他說。

「只是擔心你會不會感冒。」

我有點尷尬地辯解。

「是喔。謝啦！」

我靠著已經褪色的駕駛座，盡量口氣溫和地問：

「你都會像這樣和委託人的朋友見面，釐清一些事情嗎？」

沒啦。他馬上否定。

「我沒這麼勤奮啦！」

「我想，迦葉對於這件案子應該也有很多想法吧。」

「這次可不是特例喔！不過要是對每個被告、被害人都這麼投入的話，我看我的胃再多幾個都不夠用。」

「雖說如此，迦葉一貫的正義感還是有強烈動起來吧。至少我是這麼覺得。」

「要誇我專業，我是不否認啦！」

我抱著雙膝，凝視著雨景。溼溼的草木香逐漸蔓延開來，樹林另外一頭的景象愈來愈朦朧。

因為雨水漸漸滲入遊戲設施裡頭，我挪了挪腳。昏暗中，瞧見自己穿著高跟鞋的腳比迦葉的腳小很多。

「我看對於這件案子有很多想法的人是妳吧。」

我反射性看向他，不由得低喃「為何這麼說」。

「就是這麼覺得囉。想說也許會讓妳想起以前的事吧。只是出於直覺罷了。」

迦葉看向外頭，這麼說。

「那時的由紀也是，實在搞不懂妳在想什麼，明明個性那麼好強，面對遠遠不如妳優秀的平凡女孩，卻突然變得客氣、軟弱，甚至對我也是如此。」

迦葉這麼說後，彷彿回神似地陷入沉默。

我的手機突然響起，心臟輕輕揪了一下。確認來電者是誰後，立刻接聽。

「喂，我聞嗎？」

感覺彼端傳來的這聲「由紀」口氣很緊迫。我邊聽，邊看向身旁的迦葉。

「嗯，迦葉在我旁邊。」

「找我嗎？」迦葉用眼神反問。我點點頭，將手機遞給他。

「喔，大哥。嗯。真的假的……我不去也沒關係吧。反正也不認得誰是誰。是喔，我知道了。大概一個鐘頭可以到。」

迦葉說完後，將手機還我。我掛斷後看向他。

「我聞說，好像快不行了。」

「好像是吧。」

迦葉微微苦笑。面對這通告知生母處於彌留之際的電話，他卻表現出一副不小心重複訂位似的無奈。

「雨比較小了。我先走囉！萬一那個人走了的話，大哥應該也會通知妳一聲。」

我喚住將長腿往外伸，鑽出遊戲設施的迦葉。

「又還沒往生啊！」

迦葉指了一下太陽穴，說：「要把積在這裡的水抽出來，應該是很危險的手術吧。」

只見他大步前行，顧不了腳邊飛濺的泥濘。迦葉的背影就這樣消失在驟雨方歇，夜色陰沉的岸邊步道。
我趕緊從遊戲設施跳出來，像要撥開昏暗似的，小跑步追上去。迦葉回頭：
「妳要回去照顧正親吧？因為大哥說他會去醫院。」
「嗯，所以我告訴他，要是晚一點回家的話，聯絡一聲。」
聽到我這麼說，迦葉想起什麼似地笑著說：
「也是啦！你們是夫妻嘛！」
每走一步，變得泥濘不堪的落葉就纏住鞋尖，響起不乾不脆的腳步聲。
來到大馬路上，廣闊視野讓人莫名鬆了口氣。刺眼的車頭燈、被濡溼的街燈照耀下的世界還有點溼溼的。
我一邊等待綠燈亮起，一邊問：
「你多久沒見到你媽媽了？」
迦葉喃喃「有多久啊……」。
「啊，去年夏天吧。因為熱得要死，實在懶得去位於半山坡上的醫院。」
這麼久啊！我低語。
「我也覺得很不好意思。幾乎都是阿姨他們在照料，我只是出錢而已，幾乎沒怎麼和她接觸。阿姨他們人也實在太好了。不但不嫌我麻煩，還待我視如己出，就算是親妹妹，要做到這樣也很不簡單啊！」

迦葉口中的阿姨他們，就是我聞的雙親。

因為公公在知名企業任職直到退休，所以公婆家算是經濟富裕的中產階級家庭；雖說如此，像他們如此親切和善，不會端架子的有錢人實屬難得。看到他們如此包容我這個一點也不像為人妻子的媳婦，還對不是親生兒子的迦葉視如己出，就覺得兩老堪稱理想父母的典範。

「所以啦，更顯得我媽是完全相反的類型吧。事到如今，面對那個曾經想殺我的母親，還要我做什麼？」

幾年前，我和我聞去養護中心探望迦葉的母親。

那時她剛好睡著了。聽說非常瘦弱的她因為出現疑似失智的症狀，所以一直住在養護中心。雖然我因為工作關係見慣各式各樣的人，但沒想到一個人竟然會崩壞至此，頓時感慨萬千。

可能是因為我默不作聲吧。迦葉開口：

「世上大多數人啊，都相信再怎麼不是的父母，一旦即將告別人世，孩子的心還是會軟化的，真的是這樣嗎？並非自我解嘲，我心裡一直有此疑問囉！對了，在這裡搭計程車吧。要不要順便送妳一程？」

他隨即朝昏暗的彼端舉手，我趕緊說：

「不用了。」

我目送逐漸駛離的計程車，這一帶又回到靜謐夜晚。

走進會客室的環菜身穿白色圓領襯衫，看起來還真像穿著制服。

「這件襯衫是迦葉送的嗎？」

我問。她搖頭。

「庵野律師送的都是尖領襯衫。香子知道我喜歡圓領。」

「我見過她了。真的是個很優秀的女孩，既聰明又獨立。」

聽到我對好友的誇讚，環菜燦然一笑，那是我迄今從未見過的開心笑容。

「就是呀！香子不但聰明，又很酷，可惜不是同齡男生喜歡的型。」她說。

「妳和身為轉學生的她馬上就變成好朋友嗎？」

「是的。想說我們都很喜歡看書，應該能變成好朋友。」

我瞥見她那擱在黑裙上的右手不自然地握拳，察覺這孩子似乎相當緊張。

「對了，妳是從幾歲開始擔任父親繪畫教室的模特兒？」

「咦？」

環菜搞不清楚我在說什麼似地反問。

「聽香子小姐說，妳因為有時要充當父親繪畫教室的模特兒，所以沒辦法出去玩。」

「呃……記得是小學高年級吧。」

「都是什麼樣的人來學畫？年輕人嗎？大學生？還是年紀更大一點呢？」

「為什麼問這種事？」

環菜的口氣聽起來不太高興。我發現不知不覺間，她緊張得連肩膀都繃著。

「畫室的學生有沒有對妳做過什麼不恰當的行為？」

我一問，環菜一臉驚訝地說「沒有」。

「真的嗎？可是我聽說有個大學生對妳有好感。」

「那是一場誤會。的確是段不太好的回憶，我有清楚拒絕對方。」

「那我換個問題吧。母親怎麼看待妳當模特兒這件事呢？」

面對一臉詫異的她，我又問了一次：

「我想瞭解妳母親那時的情形。」

「我想她大概……都是出門買東西之類的吧。啊，不對，她是去料理教室。因為我媽週末下午都不在，所以都是這時候上素描課。」

「為什麼挑妳母親不在的時候上素描課？」

「因為媽媽說她在的話，爸爸無法專心作畫。」
是喔。我頷首。要是稍微沉默的話，恐怕會讓氣氛變得尷尬，所以我又問：
「那麼，妳喜歡那些來上課的學生嗎？」
環菜困惑似地搖頭。
「不喜歡。」
「那麼，妳能用一句話來形容對他們的印象嗎？」
只見她欲言又止，我輕聲催促。
「很噁心。」
環菜說出這句話的瞬間，雙眼圓瞠，眼淚順著紅紅的眼袋滑落。
「哦……為什麼？」
我立即反問。
「環菜小姐，為什麼這麼說呢？」
「呃……我也不知道為什麼，就是覺得很噁心。」
「沒事，冷靜點，儘管說出來，沒關係。」
我盡量安撫她。
「醫生，我來這裡後，就一直夢見自己在刺爛泥似的怪物，覺得好噁心，所以一直刺。總覺得很像什麼，卻不曉得那怪物到底是誰。醫生，我為什麼會變成被關在這裡的人？一定是我的腦子有問題。」

「環菜小姐，案發當天到底發生什麼事？好比有沒有什麼讓妳體內的開關像被切換過的事？也許是幾句話，或是什麼情況，我想瞭解一下。」

「我不知道。我從以前就覺得自己的思緒有時會突然斷掉似的，賀川先生也常說我鬧脾氣時真的很可怕。我媽也是，說我真的很莫名其妙。」

「是不是曾經發生什麼讓妳覺得很討厭的事？聽賀川先生說，妳曾經自殘。」

瞬間，環菜整個人情緒失控，拒絕再談下去似地邊哭，邊用力搖頭。

一旁的獄警看不下去，打斷會客時間。從椅子上起身的環菜紅著雙眼，回頭對我說：

「是我的錯……都是我不好。」

我凝望從醫院最頂樓看到的風景。

一輛自小客車駛離腹地廣大的停車場。挾著一條路的廣闊田園風景閑靜得幾近無趣。

並非什麼可以療癒人心的自然美景，除了散布著幾間連鎖商店之外，觸目所及盡是農地和住宅的東京郊區可說人煙稀少，實在讓人聯想不到「凶殺案」這詞。

天空疊著好幾層細長狀的雲，或許傍晚時分便會輕輕下降。

環菜的母親不太高興似地望著窗外，瞧見迦葉端來盛著溫茶的紙杯，這才稍稍卸下心房似地道謝。

擁有一雙大眼與濃密睫毛的她有著讓人忘記實際年齡的魅力，凹陷雙頰有如陶器般白皙，與死去的聖山那雄人筆下那些輕熟女給人的印象完美重疊。

「又不請自來，真的很抱歉。因為有些事情，我們必須問個清楚，還請見諒，也請您盡量配合。」

坐在椅子上的迦葉恭謹行禮。

畢竟對方的身段已經放得這麼低，環菜的母親也不好意思不講情理吧。只見她小聲回道「您客氣了」，雖然長得和環菜不太像，但看到穿著深藍色毛衣的她也是斜肩，就覺得兩人果然是母女。

「我想您應該知道進入審判階段的具體流程，還請回答我提出的幾個問題。」

迦葉直盯著她，問道：

「您還是不改心意嗎？」

想再次確認她是否要成為檢方的證人。

她馬上點頭。

「我們家已經徹底毀了。今後每個人只能靠自己的力量活下去，所以就算我一味袒護，也對環菜今後的人生沒有任何幫助，不是嗎？」

「環菜小姐和您先生的相處情形如何？事出必有因，才會造成這起憾事，不是嗎？」

「他們的確相處不睦，但也是因為環菜上了高中後，行為就變得很不檢點的緣故。她曾偷偷帶男朋友回家過夜，還是個一頭褐髮，看起來就是不良少年的男孩子。我先生非常生氣，大吵一架，他還打了環菜的樣子，從此父女倆就互不理睬了。」

「除了這件事之外，他還會對環菜動粗嗎？」

「沒有。那個人會說訴諸暴力是很愚蠢的事。他脾氣的確不好，但也只是偶爾破口大罵，反正舊時代的男人都是這樣吧。」

是喔。迦葉回應。

坐在輪椅上的老人家在女看護的陪伴下，朝我們這方向過來。坐在一旁等待的幾位親友紛紛對老人家說「氣色不錯嘛！」、「有帶布丁來哦！」，看來應該是術後探視吧。只見老人家假裝嫌煩地邊搔頭，邊笑著和親友交談。

環菜的母親完全無視一旁熱鬧的家族會面。

「您先生為何如此反對女兒報考女主播？」

迦葉又問。

「他很反對。主播可不是那麼簡單就能當的，萬一被選上的話，勢必和藝人一樣沒了隱私，這可不是開玩笑的事。光是談個感情就被媒體胡亂報導，還不曉得會被周遭人說什麼閒話呢！」

迦葉不太能理解似地偏著頭，鬆開擱在桌上交握的十指。

「有必要這麼擔心嗎？」

「咦？」

迦葉依舊以溫和的口氣，繼續問：

「是不是曾被周遭人說過什麼閒話？」

「這倒沒有，只是我先生好歹也是有名的藝術家，要是女兒像個偶像明星，上綜藝節目露臉的話，總覺得不太好。」

「光靠畫畫就能維持生計，真的很厲害。」

「光靠創作根本很難維持寬裕生活，所以他也在藝術學校授課，還有幾個想拜他為師的年輕人會來我家一起上素描課。」

「對了，方便請教一下環菜小姐充當模特兒一事嗎？」

環菜的母親一邊撩起長髮，一邊說：

「那是她小時候的事了。因為小孩子模特兒真的很難找，加上環菜也很樂意，嚷著只要把她畫得很可愛就沒問題；但後來她說沒給工資，所以不想當了。素描課當天沒告知一聲就和朋友出去玩，所以是她爸叫她不用再當模特兒的樣子。」

怎麼會這樣？總覺得不太對勁。香子與環菜母親對於這件事的說法歧異，好像在講完全不一樣的事。

「雖然聽了伯母的說法，感覺那雄人先生和環菜小姐之間並沒有什麼很嚴重的問題……但是再這樣下去，不僅那雄人先生丟了性命，也會賠上環菜小姐的將來，畢竟她的人生還有可能重新來過。當然，我知道伯母的立場很為難、也很痛苦，但您是否想過要是能為女兒作證，或許多少能給環菜小姐一個重生的機會？」

環菜的母親面不改色。

「沒辦法，我實在做不到。環菜只能靠自己的力量重新站起來，我只能祈願她的人生能重新來過。」

這番話乍聽之下頗有道理，其實聽得出來她不想再理會女兒。看來環菜出獄後，她也不打算和女兒一起生活吧。

迦葉回了句「我明白了」，頗為傷神似地沉默片刻後，拋出另類觀點：

「伯母不覺得這麼想，其實對自己也不太好嗎？」

環菜的母親瞄了一眼迦葉。

「您想想，拋棄還年輕的獨生女不管，選擇站在亡夫這邊……當然這麼做有您的理由，但最好別太期待世人能正確理解您的想法，畢竟就連新聞報導也不可能如實報導審判經過，只會偏頗報導檢方的偵辦經過。說得難聽一點，搞不好別人以為您只想逃避身為母親的責任，您明白嗎？哪怕孩子犯下殺人這等大罪，任誰都會拚命保護自己的孩子，只有您不一樣。這世間充斥偏見，想到自己遭逢如此不幸，卻得承受不合理的批判，不如再次相信母女之間的羈絆，幫助環菜小姐重新站起來，對於伯母今後的人生來說，也是比較正向積極的選擇，不是嗎？」

環菜的母親刻意咳嗽。她那美麗卻猶如靜止畫面的表情，初次浮現猶疑的神色。陷入將近一分鐘的膠著情況後，環菜的母親終於表露自己的決定。

「我還是辦不到，因為不知道要說什麼，找不到任何理由袒護她。」

見他們兩人沉默良久，這次換我試探：

「可以請教您一些事嗎？」

只見她一副意興闌珊樣地反問：

「剛剛妳說自己是臨床心理師，和所謂的精神科醫師不一樣嗎？」

我刻意無視她略帶挑釁的口吻。

「是的，我在大學和研究所主修臨床心理學，目前以臨床心理師身分，任職於身心科診所，向院長學習諮商技巧，今年執業第九年。」

「我從沒聽過什麼臨床心理師。既然不是醫學院畢業的精神科醫師，實在令人懷疑妳的專業度。」

「每個人的專業差異的確是這個業界的問題，但我們診所的院長是臨床經驗十分豐富的精神科醫師，這一點絕對可以信賴。」

「就算你們院長再怎麼厲害，但年紀輕輕的妳能為環菜做什麼？竟然想治療一個從小不愁吃穿，只為了就業問題起爭執，就殺害父親的孩子。我看妳根本不瞭解養育孩子、身為人的難處與煎熬！」

「我的工作並非治療環菜小姐，而是整理她的過去。我也有問題想請教伯母，您見過環菜小姐手腕上的傷嗎？」

「當然，那又怎樣？」

環菜的母親平靜地反問。這回答讓我有點意外，繼續問：

「您問過環菜小姐為何受傷嗎？」

「有啊！因為雞啊！」

我一時無語。

「校外教學時，遭到雞襲擊而受的傷啊！這有什麼嗎？」

「環菜小姐這麼說嗎？什麼時候的事？」

「因為那時我人在夏威夷，記得是她小學畢業那一年。那孩子從以前就是這樣，總是莫名其妙受傷，因為她總是心不在焉。」

「您是去夏威夷旅行嗎？那時家裡只剩環菜小姐和聖山先生嗎？」

「因為我的青梅竹馬在夏威夷舉行婚禮，所以我去參加她的婚禮。本來想說要帶那時準備上國中的環菜一起去，但外子說多一個人去就得多花錢。」

「所以您從夏威夷回來後，環菜小姐說她被雞襲擊而受傷嗎？」

雖然重複問這種事實在很蠢，環菜的母親倒是一臉認真地回答「是的」。

「後來傷口有增加嗎？」

「不知道，我又沒數過。幹麼問這種事？」

「我想知道環菜小姐的精神方面是否遭受什麼壓迫，想說伯母是否察覺到什麼？」

料想她應該會很激動。

沒想到環菜的母親卻淡淡回道：

「要說遭受什麼壓迫，應該有吧。那孩子的個性很脆弱，外子又是個很難搞的人，我夾在他們中間也很辛苦，就是這樣吧。但說到底還是要看本人怎麼想、怎麼做。」

是我的錯——。

都是我不好——。

我的心跳變得有點急促。

「既然她那麼討厭待在家裡，早知道就讓她去念住宿型高中。反正那孩子和外子處不來，想說讓她去國外念書、或是就讀住宿型私立女子高中，但她說不想去陌生地方。」

「也是啦！畢竟在學校交了好朋友，怎麼可能離家轉學到別的學校。」

「所以我並沒有強迫她轉學啊！況且要是念不下去，隨時都可以回來啊！」

眼前這位美麗的中年婦女睜著溼潤眼瞳，身上那件深藍色毛衣看起來像是制服。事實上，她的說法就像十幾歲少女般幼稚又不負責。

「所以，您認為是環菜小姐自作自受囉？」

我平靜地拋出質疑。

「什麼？」

她驚呼。

「還是個孩子的環菜小姐根本不曉得該怎麼辦，理應受到父母的保護。」

「可是那孩子根本不聽我的話啊！總是我行我素，只好順著她了。」

「環菜小姐在我面前哭著說都是自己不好。」

「她這孩子就是這樣。參加素描課的學生因為車禍身亡時也是，對方明明很照顧她，結果公祭那天她不但臭著一張臉，還藉口身體不舒服先離開。她是那種只要遇到討厭的事，就會說自己肚子痛、頭痛，哭鬧著逃避的人。刺殺那個人的時候也是，我幫她準備好晚餐，卻看到她渾身是血地回來……不想再想起這件事了。明明殺死自己的爸爸，竟然毫無悔意，連一滴淚也沒流，只是為自己的不幸而哭罷了。」

只見她從椅子上迅速起身，走向長廊。迦葉趕緊追上去，我則是留在原地。

過了許久，迦葉才回來。

我們搭電梯到一樓，走向設於門廳旁的小咖啡廳。有著大片落地窗的店裡沒有半個病患，都是看起來很有活力的訪客。為了舒緩一下心情的我們在櫃臺點了飲料。

當我將牛奶倒入紅茶時，迦葉也一手端著熱咖啡坐在我對面。

「剛才真是不好意思。你和環菜小姐的母親說些什麼？」

「我代妳向她道歉，也表明自己對伯母沒有任何偏見。總而言之，基於立場只能這麼說啦！」

「對不起，謝謝。」

迦葉微笑地說「不客氣」，看來他的心情沒那麼糟。

「看來小學畢業那時應該發生了什麼事吧。」

我喃喃道。迦葉則是雙手抱胸，發牢騷說「我看是她在夏威夷被雞啄傷吧」。

「環菜小姐可能是趁母親不在的期間自殘，肯定發生了什麼事。」

「雖然不知道究竟是不是自殘，但搞不好是為了引起注意而這麼做？」

倒也不無可能。我附和。

「自殘行為是為了從緊張中得到解放，也是因為血清素功能下降的關係，有著各種作用與原因；也有可能是為了舒緩因為憤怒而引起的覺醒狀態。」

原來如此啊！迦葉感佩似地說。

「雖然我認為環菜小姐的情況是精神瀕臨崩潰，問題是沒發現有人能促使她這麼做。不過，就我對她的印象看來，也不覺得她是天生有精神方面的疾病。」

我用手指抵著下脣，思索著。迦葉也皺眉。

「要是還有人能具體說明環菜小姐小時候的家中情形就好了。還有案發當天的情形。對了，她報考的那家電視臺。」

「我問過了。他們說她早上報到時，看起來有點精神不濟，面試時倒沒有什麼異狀，一般流程都是先試鏡，然後面試。工作人員看她不太舒服，還勸她躺著休息一下，但她拒絕，就走了。工作人員也很擔心她的情況。」

「是喔。」

迦葉看向我擱在腳邊的包包。

「等一下還要去哪裡嗎？」

我回道「是啊」。不知不覺間，店裡的客人只剩下我們。

「明天早上在橫濱有一場演講，不只我，有好幾位講師。因為從這邊過去比較近，想說外宿一晚。」

「真的假的？不好意思啦！妳那麼忙，還配合我的時間。」

「沒事。我早上幫正親和我聞做了一大鍋關東煮，況且偶爾一個人住飯店，放鬆一下也挺開心。」

在沒什麼特別布置的空蕩蕩店裡，白色吧檯和地板反響我們的對話。

「怎麼說呢？嫂子也挺不簡單呢！」

感覺好久沒聽見他叫我一聲嫂子。

「還得兼顧工作和家庭，我就沒辦法。」

「迦葉哪天成家了，應該也辦得到吧？」

「成家啊！還沒半撇吧！大哥他啊！嗯，真的很適合婚姻生活。」

我沉默不語。

十年前某個天寒地凍的冬日傍晚，我們坐在水壺冒著蒸騰熱氣的咖啡廳裡，我聞毫不猶疑地對我說「我們結婚吧」。

那時，窗外一片迷濛雪景，卻非常美麗，感覺時間永遠停在那一刻。

「要是你們互換性別就好了。」

迦葉突然開起玩笑，我卻有種新雪被沾著泥土的鞋子踩踏的感覺。

「就算是開玩笑，也別這麼說，讓人聽了很不舒服。」

我委婉告誡，迦葉停止啜飲咖啡。

「大哥跟我這麼說過哦！」

這時有人走進來，「歡迎光臨！」傳來服務生的開朗招呼聲。

「他說由紀要是男人的話，也許比較幸福吧。他說這話時很認真，不是開玩笑。我說妳要是男人的話，肯定很大男人吧。大哥聽到我這麼說也笑了。」

我卻笑不出來，抓起包包，站起來。

「別太勉強自己哦！」

我用小到讓他幾乎聽不見的聲音道謝，將托盤放至回收檯。

正準備過馬路時，夜風從港邊襲來，我冷得直打哆嗦，趕緊取出圍巾。

浮現寥寥幾顆星辰的夜空帶著些許藍，明明路上行人熙來攘往，我卻莫名地感到心神不寧。

今晚投宿在關內車站附近的商旅。

我在櫃臺辦理入住手續，填寫「真壁」這姓氏時，腦中瞬間浮現我聞的臉。我聞到底是在什麼情況下，對迦葉說那些話的呢？這麼思索時，不知為何想起自己單身時居住的房間模樣。

素雅的淡褐色窗簾，鋪著黃綠色格紋被套的床，復古風的便宜長桌；在充滿女大生風格的房間與我聞初次發生關係時的事。

完事後，他戴上眼鏡，伸手撫著床旁邊的牆。

「這裡有個洞。」

我微偏著頭，不知如何解釋。

「安排您入住六〇五號房。」

我接過房卡。

走過又窄又長的走廊，打開房門，昏暗室內沒有什麼特別的裝潢，只有乾淨的床鋪和桌子。

沖完澡後，總算喘口氣。我穿上薄睡袍，步出熱氣瀰漫的浴室。

好久沒穿得這麼清涼隨便，在室內走來走去。擺在桌上的鏡子只能照到胸部以上，總覺得這副女體好陌生。

雖然隨著年紀漸增，端詳自己身體的機會愈來愈少，但我本來就很排斥在明亮地方看著自己的身體。

那是正親剛出生時的事。因為哄睡晚上哭鬧不停的正親，累得渾身是汗的我半夜想沖澡，在房間換衣服時，我聞突然開門。

那瞬間，我半反射性地大叫「別看」。

那晚，躺在床上的我很不安，緊抓著他那試圖安撫我，輕擁著我的手臂。我聞一如初識時那般摟著企求能藉此填補傷口的我，那是個靜謐夜晚，相信這個人不會傷害我。結果，沐浴在他那呵護眼神中的我直到天明才入睡。

從此，我再也不怕在明亮地方讓我聞瞧見我的裸體。

回想與環菜母親的會談經過。常常在進行心理諮商時，聽聞那種本位主義至上的母親說詞，總覺得迴避所有責任的言行反而潛藏著巨大的黑暗。一切都是環菜的恣意妄為，即便說得如此直接，但是……

突然睡意襲身，打斷我的思緒。

我穿著睡袍，往床上一躺，好久沒盡情伸展四肢，好開心。無論再怎麼彼此相愛，獨享一張床的感覺真的好棒啊！我邊想，邊將頭靠在枕頭上。

來聽演講的聽眾陸續步出會場，我迅速收拾資料。

主辦單位的工作人員走過來，對我說：

「今天真是謝謝您。方便的話，會場整理完後一起吃個飯，如何？」

「不好意思，因為家裡還有事，得先走一步。」

我婉拒邀請。一群白髮男士們八成大白天就開始暢飲紹興酒，談笑風生吧。

我步出門廳，自動門開啟的瞬間，望見夾在辦公大樓與商業設施之間那蔚藍得令人詫異的晴空。

感覺心靈被冷冽空氣洗滌時，察覺有人在看我。瞧見那張臉，我著實嚇一跳。

「您是真壁醫師吧？我叫小山由加利，在庵野律師的事務所工作。」

身穿藏青色長大衣，用髮圈束起一頭長髮，我記得這張素淨美麗的面容。

「我是。我去事務所拜訪庵野律師時，我們見過，沒錯吧？有什麼事嗎？」

她頗為苦惱似地垂著眼，用快要崩潰的聲音說：

「無論如何都想跟您說說庵野律師的事。打擾您了，真的很抱歉。我已經不曉得該怎麼辦才好……」

港口附近的咖啡館可以眺望海景。濃烈夕陽落至水平線，吞沒龐然白色客輪。

小山由加利被眼前美景吸引似的，凝望幕色漸濃的海景。沒有刻意保養的長髮，一身便宜平口毛料洋裝的模樣更顯純真感。到底發生什麼事呢？我仔細觀察她的神態，只見她泫然欲泣地低頭。

「冒昧打擾，真的很抱歉……」

「別這麼說，我也正好要離開。」

我拿起因為疲憊而點的香檳，回道。

她輕啜一口無酒精成分的柳橙雞尾酒，說道：

「真壁醫師的酒量很好吧！」

「小山小姐滴酒不沾嗎？」

「頂多一杯而已吧。只有和庵野律師去酒吧時才會喝。」

酒吧。這字眼聽起來有股莫名的新鮮感。我和迦葉恐怕這輩子都不可能一起去這種地方吧。

「像是可以看到東京鐵塔的酒吧，或是時尚酒吧，庵野律師都是帶我去這種地方，但總覺得他之前一定和其他女人來過。」

「我無意探聽，只是聽說妳要結婚了。」

聽到我這麼說，她露出難以啟齒的表情，頷首回道「是的」。

「我高中時就決定嫁給他。我們是參加管樂社認識的，是個從沒見過他生氣、個性穩重的人，我們興趣相近，也有很多共同的朋友，所以我從未懷疑過這段感情。可是……一定是我誤會了。這我都知道。可是庵野律師很溫柔，絕對不會說什麼傷害我的話，所以才會變成這樣……」

看著聲音顫抖，有著線條柔和的臉頰與肩線的她，我猶疑地拋出下一個問題：

「為什麼來找我？」

她抬起頭，求助似地說：

「庵野律師曾說他的戀情都很短命，唯一交往最久的女人就是哥哥的老婆吧。那時我聽到真壁醫師和他是大學同窗，想說也許可以找您聊聊我和庵野律師的事。我太失禮了。真的很抱歉。如果可以的話，請別將今天的事告訴他。」

「妳放心，因為工作關係，我很習慣替別人保守祕密。不過他從以前就有點難搞……不曉得能否談一段穩定的感情，過著安穩生活。當然，純屬我個人看法就是了。」

因為小山由加利沉默不語，我也跟著沉默，畢竟無法輕易說些不負責任的話。

我聽見她悄聲喃喃「小孩……」。

就在我想說該不會懷孕時，她主動開口：

「庵野律師小時候的事，是真的嗎？」

「他告訴妳嗎？」

我反問。

「是的。我們談分手時……他說自己曾差點餓死，所以不想要小孩，也不憧憬婚姻生活。聽到他這麼說，我不曉得如何回應，沒想到昨天晚上他竟然聯絡我。」

聽聞至此，總算進入正題。

「莫非昨天迦葉告訴妳，我今天在橫濱有一場演講？」

我想起昨天和環菜母親的談話，看來心裡不太舒服的人不只我。

小山由加利輕輕點頭。她和迦葉曾在大樓逃生梯耳鬢廝磨一事，讓我斷定迦葉肯定很享受和這女孩的親密關係吧。他比我想像中更能接受這女孩也說不定。

「對不起。我想……我還是不要再和庵野律師碰面了。我會換掉手機號碼，不再和他聯絡。」

由加利小姐。我說。她嚇了一跳似地看向我，左手無名指還沒套上婚戒。

「別對自己做的事懷有罪惡感，再次冷靜想想，如何？也許迦葉真的很喜歡妳。」

「庵野律師怎麼可能喜歡我。」

面紅耳赤的她否定。

「妳是否不惜和能帶給妳安定與安心感的他分手，也想和迦葉在一起呢？試著面對現實，好好思考，不是很好嗎？希望妳無論做出什麼樣的選擇都別後悔。」
她理解似地頷首，總算稍微平靜地說「您說的對」。
結帳時，因為她堅持付錢，我也就坦然接受。
我們在地鐵驗票口道別時，邊聽著樓下傳來的轟隆聲響。
「要是有什麼需要幫忙的，再告訴我吧。」
我笑著說。只見她難為情地低頭說道：
「不好意思，最後再請教一件事。」
「嗯？」
小山由加利難以啟齒似地輕閉雙唇。
「沒什麼。不好意思，告辭。」
她向我深深行禮道別。
我目送她那逐漸遠去的背影，領悟到只要一扯上迦葉，我對自己的立場就深感困惑。
走在颳起一陣陣風的廣闊腹地，心想還要再看幾回這番光景呢？現代建築風格的看守所遠看像是美術館。
遠處傳來車子引擎聲、鳥囀，只有矗立在靜寂中的便利商店延續著日常生活光景。

我辦妥會客手續，請所方代為轉交伴手禮後，走進最裡面的電梯。

門開啟，坐在椅子上的環菜露出親切笑容，向我輕輕點頭致意。

「前幾天和環菜小姐的母親碰面談了一會兒。」

環菜只回了句「是喔」，脣上黏著一根短短的毛髮。

她馬上察覺，難為情地伸手拍掉，重整心緒似地問：

「我媽說了什麼嗎？」

我思忖片刻後，決定暫且不提雞和自殘一事。倘若環菜的母親所言屬實，表示環菜想隱瞞這件事，恐怕現在也是如此，所以硬要提起這件事的話，只怕她會像上次那樣情緒失控，被迫結束會客時間。

因此，我盡量避開敏感話題。

「聽妳母親說，妳從小就很好強。」

果然一提到她母親，環菜的表情就有點怔怔的，一副聽不懂我在問什麼的樣子。

「妳小時候被男性強迫做什麼時，都沒想過保護孩子是父母的職責嗎？」

「職責？」

環菜一臉困惑地反問。看來她從未想過這種事的樣子。

「我不知道。」

「可以聊聊妳和賀川洋一先生的事嗎？」
環菜詫異地反問是指什麼事。
「聽說賀川洋一先生強迫妳和他發生關係。」
感覺環菜似乎很怕聽到「強迫」這字眼，只見她急於否定似地辯解：
「其實事情不是這樣，只是我單方面這麼覺得罷了。所以這件事……是我忍不住告訴庵野律師，而且說得誇張了點，但絕對沒有想把事情搞大的意思。」
「未經妳的同意，我絕對不會將妳被前男友施暴的事寫進書裡，但是為了整理妳的過去，必須瞭解妳感覺到的事，這一點很重要。」
「但是我想了想，其實他並沒有強迫我。」
「為什麼會這麼想？」
環菜先是皺眉，然後笑著說：
「我在賀川先生的房間被壓倒時，笑了出來……所以……」
「那是發自內心的笑容嗎？因為妳喜歡他，所以和他發生關係也無所謂？」
環菜低著頭，用力搖頭。
「真的很感謝他的陪伴與幫忙……但我也不曉得自己那時為何會笑出來。從以前就是這樣，周遭人都說我面對不喜歡的男人也能獻媚，所以那時一定是為了讓賀川先生喜歡上我而獻媚吧。」

「為什麼明明不喜歡對方，還要對方喜歡上妳呢？」

呃……她一時語塞，無法繼續說下去。瞬間，擱在黑褲上那雙蒼白瘦削的手看起來有如白骨。

「既然不喜歡對方，就沒必要讓對方喜歡上妳，不是嗎？」

「可是他說很喜歡我，很擔心我，對我呵護備至。」

「妳要的就是這份溫柔嗎？」

「我沒有要求他這麼做，但他會開車來接我，打電話關心我，一整晚聽我吐苦水，所以我除了逃進他的房間，沒有別的方法……」

「環菜小姐，當男性強迫發生關係時，妳會拒絕嗎？」

環菜支吾其詞，承認她幾乎沒拒絕過。

「所以妳希望和對方發生關係？」

「也許吧。因為我也同意，所以也有責任。」

我盡量注意措辭，不帶責備口氣地問：

「那麼，妳和賀川先生交往時，和其他男人發生關係也無所謂，是嗎？反正和誰上床都一樣，妳只是回應對方的要求。」

「沒必要講得這麼難聽吧。」

「環菜小姐，其實妳對賀川先生……」

她察覺到我接下來要說什麼似的，陷入沉默。

「妳很怕他，是吧？」

「不是這樣。」

環菜的口氣聽來頗失望，我對自己的斷然妄言向她致歉。

「不只賀川先生，只要是男人，我都害怕。光是被碰到就覺得討厭，卻也不曉得該怎麼辦。」

她卻這麼說。

「為什麼？為什麼不曉得該怎麼辦？」

時間就在一來一往的對話中，分秒流逝，只剩八分鐘。

「因為他們都讓我興奮、開心，這也是事實。」

「環菜小姐，妳年幼時，是不是遭遇過與性有關的不愉快經驗？因為是與性有關的不愉快經驗，所以會反射性做出反應，好比在素描課上穿得很清涼之類。」

「沒有什麼和性有關的事。擔任素描課的模特兒時，也是穿一般短袖洋裝、白襯衫，要是穿得太誇張，反而妨礙素描練習。」

「那麼，都是擺些什麼樣的姿勢？對不起，這問題可能很難回答。」
「就是坐在桌子上，像這樣，稍微前傾。」
環菜抓著椅子的兩側，上半身稍微前傾。的確不是什麼奇怪姿勢。
「這樣的姿勢要維持多久？」
「包括休息時間，大概兩小時。」
「完全不能動嗎？」
「這個嘛……是可以稍微動一下，只是身體變得沉重、疲憊，動一動反而更累。」
是喔。我頷首。
「不好意思，我覺得和這件事毫無關係。說什麼男人都很討厭，是想推卸責任吧。總覺得自己很狡猾。畢竟我也想和對方發生關係，也是因為有點喜歡對方吧。」
「一般都是因為瞭解對方、喜歡對方、信賴對方，才會發生親密關係，不是嗎？」
她茫然地喃喃著「信賴」這詞。
「讓我信賴的人……只有那時。」
只見環菜像要打斷我的提問，「為什麼我……」忍不住吐出這句話。
「為什麼我不能像香子那樣呢？我軟弱、愛說謊，就算起初很好，最後也會飽受批評。我從未想過要活得坦然些，因為說謊……」

「說謊？」

「因為我只會說謊。」

好比什麼時候會說謊呢？我委婉詢問。

「就是被說不可以這麼說的時候。」

「是被誰說呢？」

環菜理所當然似地回答：

「我爸和我媽。」

我輕閉一下雙眼，又看著她，總算進入問題核心。

「爸媽叫妳不能說什麼事？」

也不是叫我不能說啦！環菜又畏怯地否認。

「只是好比戶籍一事。」

「咦？」

我以為自己聽錯似地反問。

「沒什麼。要是惹他不高興時……就說要除去我的戶籍。」

「環菜小姐，莫非妳和聖山那雄人先生沒有血緣關係？」

「表面上，我是他女兒，其實不是，我媽她……」

這裡沒有會讓妳害怕的人。我試圖鼓勵情緒開始失控的環菜。

「我媽和我爸分手後，和其他男人同居時生下我，告訴她生下來的那個人……就是我爸。他說我媽的孩子一定長得很漂亮，要是拿掉太可惜了。所以我媽常說他對我有恩，明知如此，我卻無法和他好好相處、我……」

我很想輕輕按住她那雙不停摳指甲的手。這時，深切感受到我們之間隔著一面玻璃的疏離感。

想起環菜的奶奶哭著說「忘恩負義」這幾個字。原來身邊的大人們雖然沒說出口，卻一直用這樣的眼光看待環菜。

要是我是個好孩子就好了。

偏偏我是個讓人失望的壞孩子。

環菜愈來愈像個年幼的孩子，內心充滿困惑不安。看到諮商對象如此痛苦，我能做的事卻只是說幾句安慰之詞。

「我是個沒用的人，沒有存在的價值。」

「所以妳連討厭的事都默默忍受？」

低著頭的環菜搖頭否認，低喃著「我沒有默默忍受」。

「我沒辦法忍受，因為我做不到。」

「什麼事讓妳無法忍受?」

只見環菜雙手掩面，不曉得在嘀咕什麼，因為隔著玻璃，根本聽不到。當我請她再說一次時，會客時間結束。

起身準備離去的環菜又在自言自語，這次我倒是聽得很清楚。

我冷不防停下腳步，卻被獄警提醒時間已到，只好無奈地離開會客室。

在休息室喝茶的環菜母親瞥見我，似乎頗吃驚。

我行禮問好，對身穿家居服，別過臉的她說：

「冒昧打擾，真的很抱歉。因為還有一件關於環菜的事忘了詢問，我確認一下後馬上離開。」

環菜的母親露出厭煩表情，只回了句「哦，是喔」。我無視她的冷淡，逕自拉開桌子另一頭的椅子。

「不好意思，失禮了。」

我說，隨即開門見山地問：

「環菜小姐不是那雄人先生的親生女兒，這是事實吧?」

只見她的眼角瞬間抽動。

「是啊，但這和案子無關吧。」
環菜的母親斷然回道。
「怎麼說？為何覺得無關？」
「因為環菜的父親始終是聖山那雄人，所以和親生的沒兩樣啊！」
「可是環菜小姐說，要是她惹那雄人先生不高興，就說要除去她的戶籍。」
妳說什麼？環菜的母親一臉不耐地反問。
「怎麼可能說這種語帶威脅的話啊！環菜的被害妄想症又發作了。那孩子就是說謊成性呀！應該請精神科醫師好好診治一下。」
又說她愛說謊。我在心裡低語。
「他們平常交談時，都嗅不到這股火藥味嗎？所以您的意思是說，這一切都不是事實囉？」
「當然呀！再說戶籍怎麼可能輕易除去，不是嗎？就算父女倆吵架時可能這麼說過，也只是一時的氣話罷了。總之，環菜說得太誇張了。那孩子從以前就這樣。」
「您說的誇張……是指那雄人先生對她的態度嗎？」
「我說妳啊，之前因為妳和那位律師一起來，我只好勉強應付，可以請妳別太得寸進尺嗎？發生那件事之前，環菜一直過著平凡生活，沒想到卻做出那種事，還把自己說得像是被害者……該不會是妳故意刺激環菜，害她變得更奇怪吧?!開庭之前還是低調一點比較好吧。當事人要是沒有好好想清楚，沒有誠心悔改，一點意義也沒有。」

「環菜小姐一直很自責，不是從案發那天開始，而是一直以來都是如此，這種罪惡感又是從何而來呢？」

「我哪知道啊！她老是勾引一些不三不四的男孩子，八成是這緣故吧。只有賀川算是不錯的，偏偏環菜又惹惱他，把人家給嚇跑了。」

這番話讓我很意外，我問她是否見過賀川先生。

環菜的母親說「見過好幾次」。

「他說不能讓我們擔心，所以都會送環菜回家；我的腳受傷時，他還開車載我去醫院，有時也會請他來家裡吃飯。而且啊，沒想到連我先生也很中意他呢！忘了是什麼時候，我生日時，賀川還買蛋糕幫我慶生，那麼好的男孩子上哪兒找啊！」

就是呀！我附和。總算抓到那天在飯店高樓層的咖啡廳時，對於賀川洋一抱持的質疑，以及環菜言行不一的真正原因。

「環菜小姐一定是因為爸媽都很喜歡賀川先生，才遲遲無法和他分手。」

環菜的母親露出不以為然的苦笑，嗤之以鼻地駁斥「妳在說什麼啊」。

「我從未反對她和誰交往。這孩子真是莫名奇妙！」

我道謝後，站了起來。
環菜的母親迅速起身，邊伸手撫弄光滑頭髮，邊刻意擠出笑容。
「真的很謝謝妳這麼關照環菜，但最瞭解那孩子的人是我。」
「剛才您說直到案發當日，環菜的行為一直都很正常……所以伯母也不曉得她為何刺殺那雄人先生囉？」
所以啦。環菜的母親提高聲調。
「剛才不是說了嗎？她就是愛說謊。要是不肯說真話，我也無法理解她在想什麼，這也是沒辦法的事啊！」
一派氣勢凌人的口吻，讓我無法再說什麼。
腦子裡浮現前幾天會面時，環菜離開會客室前說的那句話。
環菜這麼說。
我說謊，媽媽才會安心。
醫院的門廳採一樓通到二樓的挑高設計。
我走向二樓的櫃臺返還訪客證，從樓梯欄杆探出身子，瞧見一樓咖啡座三三兩兩正在用餐的一家人。我當場打電話給迦葉。
「對不起。」

聽到我這聲道歉，迦葉壓抑情感似地沉默著，只傳來往來呼嘯而過的車聲。

他隔了半晌才開口：

「所以才要妳事先和我商量啊！畢竟我還沒放棄請她當證人。」

「真的很抱歉，但我勸你還是打消念頭，因為她絲毫不認為自己要負任何責任。至少我剛剛和她碰面後，確定她只想當個什麼都不知道的可憐母親。」

迦葉悄聲嘆氣。

「今後我們分開行動，如何？」

突然這麼提議。

「雖然妳有妳的考量，但別人一想到妳和辯護方有關，難免有些顧忌。」

也是啦！我承認。

「謝謝你，一直包容我。」

「老實說，妳提出很多我沒想到的問題，真的很有幫助。其實環菜很怕北野先生，很怕大塊頭的男人，能夠弄清這一點也是託由紀之福，所以妳真的幫了很多忙。」

「這樣啊。」

我喃喃道。

「我明白了。今後我們各自行動吧。我絕不會提到你的名字，不過我希望開庭之前能見面討論一下。」

「也好啦！要是有什麼需要幫忙的地方，隨時聯絡我。」

我趁他的口氣變得比較溫和時，提起這件事。

「對了，小山由加利小姐來找我。」

是喔。無法判別如此滿不在乎的口氣是演出來的，還是真實反應。

「不好意思啦！因為她好像很煩惱的樣子。想說要是嫂子的話，可以好好勸說她別被、混蛋男人給騙了，過著幸福生活。」

「我建議她冷靜想想結婚以及你的事。」

迦葉頗為愕然地不發一語。

「你不喜歡她嗎？」

「喜歡啊！不過，應該說也有一種懷念的感覺。」

他的回答很含糊。我說：

「或許你很在意你媽媽的事情，但我聞的爸媽都很疼愛你，所以迦葉當然也能過得很幸福。」

迦葉悄聲笑道：

「妳說話的口氣好像老哥喔！」

不可能啦！他斷然否定。

「日本的法律很重視血緣關係，所以我既無法和那個人撇得一乾二淨，也不想讓別人背負無謂包袱。」

思索著要怎麼勸說他多少也要考慮一下小山由加利的事，但總覺得沒有我置喙的餘地了。想想，說什麼他們在大樓逃生梯耳鬢廝磨一事，的確很容易讓人誤會是迦葉一向愛開的惡意玩笑；但也許並非如此，搞不好他希望和誰吐露這段不為人知便悄然結束的關係。

「瞭解。我們暫時分頭行動吧。有什麼事再聯絡。」

我這麼說後，掛斷電話。

精疲力盡地回到家，瞧見燈也沒開就坐在電視機前打線上遊戲的正親。

我一面佩服聽來頗深奧的交響樂配樂，以及媲美好萊塢電影的CG影像，一面瞅著落在地毯上的刺眼光線，叮囑正親：

「要記得開燈啊！」

正親只是喔、嗯地敷衍回應。

我取出炸東西用的鍋子，將洗乾淨的馬鈴薯下鍋油炸。不一會兒，廚房紙巾上鋪滿熱氣蒸騰的馬鈴薯。

玻璃器皿盛著萵苣、蕃茄和馬鈴薯，我拿出魚罐頭、大蒜和橄欖油等食材時，門開啟，背著大肩包的我聞走進來。

「哦，今晚吃義大利麵啊！」

「嗯，馬鈴薯沙拉和油漬沙丁魚義大利麵。」

我蹲下來，打開流理臺下方的門，取出不銹鋼煮鍋。

「情況不妙啊！」

我聞聽到我的嘀咕，「嗯？」地反問。

「我是指聖山環菜的案子。因為所有的證詞都說不通她為何要殺死父親。」

「嗯……我覺得不可能沒有理由吧。雖然我不是這方面的專家，不太清楚，但聽妳說，雖然她的精神狀況不太穩定，但一直以來的生活都很正常？是吧？」

「若是真的有什麼苦衷，要想正常生活也很困難吧。我還是不覺得環菜是因為父親反對她當主播，所以起意殺人。」

對了，我聞。我一邊打開魚罐頭，一邊喚道。

「你有沒有朋友畢業於環菜父親任教的藝術學校啊？」

他從餐具櫃拿出三個杯子，回道：

「有啊！不過已經畢業十年之久了。」

「剛好。方便的話，可以介紹一下嗎？想說能不能向參加過聖山那雄人在自家開設的素描課的學生打探些什麼。」

「幫忙介紹當然沒問題，可是叫迦葉找不是更快嗎？」

在客廳打線上遊戲的正親大喊：「媽！我好餓喔。」

「就在做了呀！我也想過要拜託迦葉，但他可能不會幫這個忙吧。畢竟一想到對方是律師，就會想說是不是要出庭作證而起戒心吧。何況萬一發生什麼不太好的事。」

「是喔。原來還有這般顧慮啊！明白了。沒問題，我今晚發封郵件給他。」

「謝啦！正親！可以吃飯囉！趕快關掉遊戲，去拿盤子。」

「害人家等那麼久，還用命令口氣……」

正親一邊發牢騷，一邊放下搖桿控制器，站了起來。

撒了大把蔥花和海苔的油漬沙丁魚義大利麵，是我在還沒結婚時就常常和我聞一起吃的料理。

一家三口開始享用晚餐，我聞一邊喝啤酒，一邊說：

「正親他啊，又長高囉！我看他的健康檢查結果，嚇一跳耶！」

「真的假的？」我說。

「真的啊！我現在是全班第二高，但還是輸給絢斗啊！那小子腳程快，成績又好，超厲害的！還考進車站附近那間只有聰明傢伙才上得了的補習班。」

「是喔。我有一次在路上遇到絢斗，他很有禮貌地向我打招呼呢！已經到了要上補習班的年紀啊！正親要不要也上個補習班呢？」

聽到我的提議，正親冷冷地回說這樣他就沒時間玩遊戲了。

「真是的！遊戲這玩意兒啊，就算過再多關，也只是在浪費時間罷了。」

「才沒這回事。打線上遊戲還可以認識很多夥伴。」

「我說你啊，別把那些在網路上認識的人說是夥伴。」

在一旁聽我們抬槓的我聞放聲大笑。我嘆氣之餘，也為自己教養出敢於表達意見的孩子而鬆了口氣。

收拾好餐桌後，我聞與正親並肩而坐，開始攻略遊戲。

我交替瞅著偌大背影，以及不斷長高的瘦削身影。就在我心想搞不好正親的個頭再過不久就會比絢斗高時，門鈴響起。

就這樣連續按了兩、三聲，讓我莫名感受到一股粗暴氣息。我默默地窺看對講機畫面，瞧見抱著大籃子的母親，忍不住打了個哆嗦的我裝作沒看到地轉過身。無奈門鈴響個不停，正親一臉狐疑地看著我，「怎麼了？」這麼問。

就在這時，確認到底是誰在按鈴的我聞朝我舉起一隻手，示意由他來應付。

過了一會兒，昏暗的對講機畫面映出我聞的身影。

「由紀的生日快到了，不是嗎？我在插花教室做了這籃花呢！怕會枯掉，想說今天拿過來，可是那孩子都沒接電話。」

畫面那頭傳來母親的聲音。我聞以沉穩的口氣回應：

「她還沒回來，我交給她好了。好漂亮喔！做得真好。」

接過籃子。

「不會吧？她平常都工作到這麼晚嗎？把家事都丟給老公。真的很不好意思啦！要是有什麼需要幫忙的，隨時可以打電話叫我過來，不要客氣喔！」

我聞盡量口氣溫和地道謝。

「您突然過來，沒能好好招待，下次可以先打手機聯絡我。」

「是喔？這樣怎麼好意思。」

「由紀被委派一件很重要的工作，可能要忙上一陣子。」

「既然如此，需要我幫忙打理家裡嗎？」

母親開心地說。我渾身起雞皮疙瘩，幸好我聞笑著婉拒，並說明：

「因為客廳有放一些我工作用的工具，而且有客人來，我比較沒辦法專心工作，真不好意思。」

啊啊……是喔。母親放棄似地喃喃著。

「知道了。幫我向她問好吧。你們也要保重身體喔。」

母親低頭行禮後，隨即離去。我關掉對講機畫面。

我聞一踏進家門，便嗅到他手上抱著的那一籃百合花散發出近似執著的強烈香氣。

我催促正親去洗澡。待正親不在場，我聞問我：

「這要擺在哪裡？」

我抱著開玩笑的心態回應：

「乾脆燒掉吧！」

「好可惜喔！」

口氣卻強硬到讓人笑不出來。

我聞平靜地喃喃自語。

「事到如今才想要討好女兒，還真像那個人的作風。你記得嗎？我生下正親後身體狀況不太好，一直高燒不退，躺在床上打點滴，無法動彈的時候，她在病房大啖炸雞塊便當，還笑嘻嘻地說也有買你的份。那個人根本不曉得要體諒別人、尊重別人，真是自私到極點。」

我一邊擦桌子，這麼說。我聞「嗯」地一聲，點點頭。

「我看由紀和岳母，總覺得母女角色好像對調似的。我知道很多都不是由紀應該背負的東西。」

我悄聲對他說「剛才謝囉」，想說話題就此告一段落，沒想到我聞又說：

「由紀從以前就背負太多不該背負的東西。」

雖然很想反問他「什麼意思？」，但不知為何，就是說不出口。

我將百合花籃擺在收拾乾淨的餐桌上，想想又撤掉。空蕩蕩的餐桌上，只殘留女兒心中無法抹滅的罪惡感。

真壁由紀醫師：

我從上禮拜就一直很不舒服。

今天早上也是食不下嚥，寫這封信時，也覺得腦子怪怪的。

我一直思索真壁醫師問我的事，結果還是不曉得該怎麼辦才好，我好想問問交往過的那些男生。

你們到底想幹什麼？

每天打電話給我、誇獎我、和我上床。

明明如此，卻從某個瞬間開始厭煩，又不說明理由，一面說我是好孩子、好可愛、最喜歡我，卻愈來愈少打電話、寫郵件給我；然後做愛時，我說不想避孕，就叫我別無理取鬧。我都已經做到這樣了。就算我說要去死，你們還是一個個棄我而去。

如果我沒有殺害父親，是否就能積極活下去，迎向健全未來呢？

我不會再開口求救。

不幫我也沒關係。

別再理我了。

聖山環菜

利用中午休息時間，在診所附近西餐廳看完這封信的我發了封郵件給迦葉，告知環菜的精神狀況不太好，提醒他留意。

我一邊啜飲餐後的咖啡，一邊眺望占了店裡一大半客人的年輕女性與上班族。他們開心談笑，聊天內容也很稀鬆平常。

這是沒有脫離常軌的日常生活。我想，任誰都不想跑到另一邊，過著失序的生活吧。

我聞打電話給我，想說他大概又臨時接到攝影工作了。

「妳託我問的那件事有眉目了。我有個做設計的朋友，他的恩師在那所學校任教，我託他問一下。」

聽到他這麼說，感覺視野瞬間開闊。

「謝啦！可是真的不會給你添麻煩嗎？」

「不會，因為那傢伙還欠我個人情呢！」

人情？我反問。

「是啊。那傢伙以前曾借用我拍的照片當書封，結果我一看到成品，發現照片被嚴重裁切，拍攝物幾乎被書名遮掉，我當然很不高興，所以他說無論我提出再怎麼無理的要求，他都會答應。」

「原來如此，那就好。不對，好像不太好喔！」

「哈哈！妳就別擔心啦！要是聯絡到的話，我再告訴妳。」

我掛斷後，馬上打給辻先生，他很開心地道謝。

那天晚上我收到任教於藝術學校，柳澤老師的郵件。

信上寫道要是直接以採訪為名義，向學校提出申請的話，恐怕行不通，建議以教學參訪為由申請。我回信感謝他的幫忙，也趕緊將此事告知辻先生。

翌晨，又收到環菜寄到診所的信。

沒想到竟然會連續收到信的我趕緊拆開白色信封。

真壁由紀醫師：

前幾天寄出信後，我馬上就後悔了。但是寄出的信已經無法收回，所以我又寫了這封信。

我說不想得到任何幫助是騙人的。

所以我想盡量說出自己想到的事；雖說如此，我並沒有受虐，或許是我的腦子變得怪怪的吧。還請真壁醫師以您的專業冷靜判斷。

怎麼說呢？父親對我漠不關心。因為他一年有三分之一都在國外，所以我最近在想，我們在一起生活的時間可說出乎意料的短吧。

總之，父親總是否定我的想法、我的一切，無論是交友、課業，還是談戀愛。

面試前練習讀稿時，真的好快樂，因為眼前的字字句句彷彿能抹去我想忘掉的事。我第一次覺得自己總是被誇讚的外貌，還有對別人的期待有求必應的個性，也許能好好活用在這份工作上。這樣我就能獨立，離開那個家。那時的我明明是如此希望。

真壁醫師說我母親覺得我很好強，這也是沒辦法的事，因為她更可憐，一直仰父親的鼻息而活。

好比她都已經煮好飯了。家父卻說想吃蕎麥麵，她就得馬上燒水煮麵；父親說想睡午覺，叫她別待在家裡礙眼，也會乖乖聽從，絲毫不敢忤逆。
為什麼呢？因為她深愛那個人，遠遠超過我這個女兒。
我到現在才明白從不敢在家父面前表達意見，一直默默忍受的母親之所以如此放任我，其實是一種寬容。
所以請別責怪她，因為讓我如此痛苦的是父親。

聖山環菜

上午十一點的二子玉川車站前，因為攜子出遊的媽媽們而顯得非常熱鬧。完善的商業設施與岸邊綠地形成強烈對比。
我來到藝術學校的校門口，瞧見穿著深藍色短大衣，搭配橘色圍巾的辻先生早我一步，走向服務臺。
前來迎接我們的柳澤先生雖然上了年紀，卻有著瘦高的英挺身形。身穿黃綠色毛料夾克的他臉上掛著沉穩大方的笑容，氣質高雅的站姿令人心生好感。
「我們走吧。三樓的美術教室現在空著，沒人上課。我磨個豆，沖杯咖啡。」
我們不好意思地道謝，隨他登上三樓。

一踏進教室，我不由得脫口而出「好懷念喔」。

畫具散落各處，傷痕累累的大木桌，不銹鋼製層架收納著顏料已經乾涸的畫作，架子上堆疊著素描用的小物件。我深吸一口氣，想起自己高中時的美術教室也是飄散一股油畫顏料的味道。

柳澤老師站在桌子一隅磨咖啡豆，電熱器上的小水壺吐著熱氣。

我拿著盛滿咖啡的大馬克杯，懷著回到學生時代的心情，坐在椅子上啜飲，現磨的咖啡豆香在口中擴散。

「柳澤老師每天都有課嗎？」

辻先生問。他點頭說「是的」。

「我只有睡覺才會回家，大半時間都在授課，放學後還要指導學生，就連自己的作品也是在這裡完成。學生看老師這麼付出，也會比較認真學習。」

原來如此啊！我說。

「聖山他啊，不會每天都來學校，不過他很受學生歡迎哦！雖說年過半百，還是很有型，不少學生是他的畫迷呢！」

他閒話家常似地說著，我也專注聽著。

「案發當天，柳澤老師也在學校嗎？」

「沒有。那天正值暑假期間，只有開暑修課的老師才會來學校，所以我沒來。晚上接到同事打來的電話，真的嚇一跳。」

「環菜小姐曾來過這裡嗎？」

我又問。

「她好像來拿過東西兩、三次，但我沒見過她。聖山幾乎不提家裡的事，所以我看新聞，發現他有個那麼漂亮的女兒，挺吃驚呢！要是我的話，肯定會在桌上擺張女兒的照片，炫耀一下吧。現在想想，他大概和家人處得不是很好吧。」

不好意思。我說。

「真的很感謝您答應和我們見面。」

柳澤老師用他那青筋突起的手，將咖啡杯擱在桌上。

「其實啊，這棟校舍明年春天就要拆了。學校要搬遷，校名也會稍作變更。我想，透露這件事應該沒關係吧。」

「是喔。有這回事啊……」

辻先生喃喃道。柳澤老師露出微妙表情。

「是啊。老實說，我的心情很複雜啊！因為我每天面對的都是和他女兒差不多大的孩子們，雖說主要是指導他們創作，但也有一種心靈交流吧。所以一想到這年紀的孩子竟然刺殺和我在同一所學校任教的人，就很心痛他們的遭遇。聖山雖然看起來不太好相處，其實他也有爽朗一面，絕對不是什麼壞人。只能說，他拙於表達情感吧。或許對他來說，人是一種觀察對象，不是可以心靈交流的生物吧。所以他才能畫出那麼精巧的作品。」

「人是他的觀察對象，而不是……心靈交流的生物嗎？」

辻先生看著杯子裡的咖啡，喃喃自語。我問：

「柳澤老師在這所學校任教多久了？」

「二十五年，堪稱老屁股囉！」

「那麼，您曉得聖山先生在自家別邸開課指導學生素描一事嗎？」

他隻手托腮，悠然回道「知道啊」。

「記得他說過吧。但我們學校的學生應該沒參加吧。這種事在學校指導就行了。」

「呃……是嗎？我們還想說應該是這裡的學生。」

「不，應該不是。等等，已經畢業的學生，尤其是聖山關照過的孩子也許知道些什麼。我來聯絡看看。」

柳澤老師說完後，掏出塞在胸前口袋的手機，撥打電話。

我下意識地轉移視線，瞧見殘留在黑板上的淡淡字跡，還有地上的斑斑白色粉筆末。腦中掠過環菜寄給我的信，「因為讓我如此痛苦的是父親」這行字。

五個月前的夏日午後，大量鮮血噴濺在這所學校的洗手間，那個看起來柔弱的環菜手握菜刀。

「你等一下喔！」

聽到柳澤老師這麼說，辻先生趕緊接過手機。

「我是新文化社負責非小說類的編輯，敝姓辻。」

他向對方這麼介紹自己。

「是、是。這樣啊？哦，臉書嗎？那是什麼時候的……哦，現在也有聯絡？那他是住在……是，這樣啊！」

我向柳澤先生詢問廁所在哪裡。他點點頭，從椅子上站起來。

打開門，指著長長的走廊盡頭。

「那間廁所就是命案現場嗎？」

我問。

柳澤老師有點支吾其詞：

「不是，是在二樓最裡面的廁所，現在已經不能使用了。」

我道謝後，步出走廊。

待柳澤老師回到教室後，我立刻下樓。

走向位於二樓走廊盡頭的洗手間。常春藤遮蔽了窗子，顯得有點昏暗。

女廁門上貼著「禁止使用」的告示。我無視這張告示，推開門，裡頭靜謐昏暗，一切彷彿停留在徹底清掃乾淨的那一刻。鋪著白色瓷磚的地板，失了光澤的銀色水龍頭，沒看到任何清掃用具，大概收起來了吧。

我凝視著門扉緊閉的廁間。環菜將父親叫到女廁，刺殺他。

聽了環菜和周遭人的說詞，總覺得父女倆的感情沒有好到可以這麼做；難道聖山那雄人對於女兒的要求毫不起疑嗎？

我回到位於三樓的教室，辻先生還在講電話。

「是的。突然提出這樣的請求，真的很不好意思，要是您能幫忙介紹的話……我明白。那麼今天傍晚五點，我問一下銀座的畫廊。是，麻煩您了。」

辻先生和對方通完電話後，看向我。

「真壁醫師，我剛才問了島津先生，他有一位臉書好友是畫家，好像參加過聖山那雄人先生開設的素描課；但他現在不在東京，如果要請教他一些事情的話，我得跑一趟。」

「是喔。我也一起去。」

我說。辻先生先是笑著說「當然沒問題」。

「可是……」

卻又欲言又止。
「怎麼了嗎？」
其實啊！他搔著頭說。
「那位畫家的工作坊在富山縣的深山，他都在那邊創作的樣子。」
「富山縣？」
我聞一邊將有點滑落的眼鏡往上推，問道：
「所以由紀也要一起去富山的工作坊？」
嗯。我有點猶疑地點頭。
「富山那邊的山裡啊！很遠耶。」
「就是呀！不過要是能設法當天來回就沒問題。」
「有點困難吧。從東京搭新幹線去，還要換搭當地的火車或開車。況且正逢下雪天，得想想怎麼過去比較好。」
下雪啊。我喃喃著，瞧了一眼掛在客廳牆上的月曆。今年就快結束了。還真是緊湊的一年啊！總覺得很不可思議。環菜的案子明年二月就要開庭，這才驚覺其實沒剩下多少時間了。

我直盯著我聞的側臉。他說了句「好吧」。

「意思是，我可以去囉？只有我和辻先生而已。」

我問。我聞一副理所當然似地點頭說「當然可以」。

「要是妳一個人去，我才不放心；況且聽妳說，感覺辻先生人很好。要是工作情況允許的話，偶爾放鬆，順道觀光一下再回來也行。」

「謝囉！」

我突然望向擺在客廳的電話，說道：

「迦葉他媽媽的手術很順利，真是太好了。聽到時，還真是嚇一跳。」

就是啊。我聞露出微妙的表情，點點頭。

「她也想趁自己意識清楚時，和迦葉盡釋前嫌吧。」

「就算迦葉根本不想和她盡釋前嫌？」

我一邊打開冰箱，一邊這麼問。開始準備晚餐的我聞悠悠說出自己的看法：

「人多少都會改變吧。就算現在只是表面上和解，但是上了年紀後，或許有一天會覺得自己當初的決定是對的。」

也是啦。我只回了這麼一句。

前往富山的當天早上，東京氣溫驟降。

冷得直打哆嗦的我穿上毛衣，開啟房間的電暖爐，窗外還是一片昏暗。

我整理好行李，確認隨身攜帶的物品後，穿上羽絨衣。

我在一片悄然的玄關將腳塞進短靴後，打開門。回頭朝著沒半個人的走廊，悄聲說「走囉」。

在東京車站的便當賣場選購時，身後傳來一聲「早啊」，害我稍稍怔了一下。

「哦，牛舌便當嗎？沒想到真壁醫師一大早胃口就這麼好啊！」

被神情爽朗的辻先生這麼說，頓時陷入無法說只是看看而已，只好買了的窘境。

我在新幹線車廂內拿出便當。一解開繩子，被噴出的水蒸氣嚇一跳，就在我佩服便當竟然能保溫到這般程度時，一旁的辻先生問：

「真壁醫師，有件事想和您商量，不曉得您打算什麼時候開始寫稿呢？」

「如果可以的話，希望在掌握環菜小姐的事情到某種程度後開始動筆，畢竟要費點心思構思怎麼寫。」

我說明完後，微笑地問：

「你希望越早越好，是吧？」

辻先生抓起三明治的手頓時停住，回道：

「嗯，是啊。如果可以的話，希望判決結果一出來便推出，不過會盡量等到您確定完成再說。」

「謝謝你的諸多包容。」

「別這麼說！我自己對於聖山環菜小姐的遭遇也有點想法。」

我看著他。車窗外的風景在視線一隅流逝著。

「父母的責任究竟要做到何種程度呢？尤其當孩子長大成人時。」

你覺得呢？我反問他。

「若是隨著年紀漸長，精神方面還是不太安定的話，絕對和家庭環境脫離不了關係。如何能夠肯定地說，孩子已經長大成人，必須對自己負責，和父母無關；父母又要負責到什麼程度，才符合社會的要求與認同。」

「你為什麼會想到這問題？」

我問。

辻先生說出其實幾年前，他高中時交往的女友自殺一事。

雖然我因為工作關係，聽過許多令人衝擊的個人隱私，但還是嚇一跳。

「原來有過這種事啊！」

「是的。不過我總認為這件事遲早都會發生吧。雖然她和聖山小姐不一樣，是個很質樸的女孩，但也有一股危險氣息就是了。好比她打工時，被店長摸胸部，還讓我看被前男友踹的瘀傷，她卻完全不覺得這些是什麼很嚴重的事，還若無其事地告訴我，反而讓我更掛心，覺得只有我能守護她。那時，因為她好像有厭食症，所以每天放學都帶她去麥當勞，可是她總說不想吃，只好硬是將薯條塞進她嘴裡。任何人聽到這種事，肯定覺得我和她都很奇怪吧。」

我搖頭說「不會」，感受得到辻先生那時有多麼愛護、多麼擔心前女友。

「結果我們因為忙著準備考試，大吵一架就分手了。畢業後，我聽她的閨蜜們說她時常遭父母毆打，真的很驚訝。現在想想，其實她告訴我那些事，無非是想向我求救，卻沒有明說，著實讓我深受打擊。後來聽說她結婚，還生了小孩，想說她終於得到幸福了。她卻拋下兩歲幼子和老公，走上自殺一途。這件事到現在還是我心裡的疙瘩。」

我默默頷首。

「所以我一定要弄清楚，有家庭問題的女孩到底在想些什麼，又是抱持著什麼想法而活。」

「竟然拋下孩子去死，肯定活得很痛苦吧！」

辻先生點點頭，感傷地說「應該是吧」，隨即試圖轉換心情問：

「您和您先生的感情好像很好呢！你們有吵過架嗎？」

沒有耶！我說。

「外子是個很溫和忠厚的人，我還比較常和男人起衝突。」

牛舌便當稍微涼掉了。不過雙手一摸，容器還是溫溫的。

「你們結婚幾年了？」

辻先生又問。

「已經十年了。」

「十年啊。不好意思，因為我還沒結婚，所以無法想像。初次見到對方時，就有一種命中注定的感覺嗎？」

我到現在還記得畫廊那狹窄樓梯的混凝土觸感，還有鞋跟強烈碰地的聲音。

因為畫廊前身是鎮上的工廠，不但牆面的油漆斑駁，天花板上的管線也原封不動地保留著。

十四年前的平日傍晚，還是大學生的我獨自造訪畫廊。

一走進去，就被展示在空曠場地的照片所散發出來的光芒給深深吸引。

失去一隻手，跛著一隻腳，身上殘留著鮮明傷痕，變形到令人匪夷所思的面容，孩子們笑著將在垃圾山撿到的垃圾當作寶物似地高高舉起。彷彿聽得到活在遙遠國度的少年少女們的呼吸聲，強烈感受到這些孩子們向拍攝他們的攝影師敞開心房。

這時，傳來上樓的腳步聲，我回頭。
戴著粗框黑眼鏡，個子高大的男子一臉詫異地看著我。吸氣的同時，感覺自己那塞在黑色緊身洋裝裡的胸口悶得快喘不過氣。
「你好。」
我先開口。
他回神似地回禮「妳好」。我將與瀏海一樣長的髮絲撥至耳後。
只見他不太好意思地走向我。
「請問是誰介紹妳來的？我們應該是初次見面吧？」
我有點困惑地回答：
「剛才偶然路過，瞧見入口貼著的照片，很感興趣。」
哇，原來如此啊！他開心地說。
「謝謝。因為這樣的訪客很難得。我叫真壁我聞。妳本來就對攝影有興趣嗎？」
他又這麼問。好人品能拉近人與人之間的距離，而且不會讓對方覺得很彆扭。
稍稍卸下心房的我，搖頭回道「不太熟」。
「是喔。很開心妳能注意到我的作品，請慢慢參觀。」
我尷尬地微笑點頭。

欣賞完所有作品，回到入口附近的我告訴回頭看看有沒有人進來參觀的我聞：

「你的作品真的很棒。」

他笑著對我說「還請再來捧場」。

我直盯著他，只見他眨了眨眼，問道：

「有什麼想問的嗎？」

我逮著機會，開門見山地說：

「我在大學主修臨床心理學。如果方便的話，可以請教您和國外那些孩子們互動的經驗嗎？」

我聞現在還會提起我們當年初識的經過，直說自己那時嚇一跳，真的很驚訝。

「竟然有個女孩站在想說應該沒有半個人的展間正中央，黑色連身洋裝包裹著纖瘦身形，短髮下有對目光炯炯的眼，比任何照片都讓我印象深刻，可說是一見鍾情。」

那天晚上，我們在畫廊附近一家小餐廳用餐。

雖然擔心自己能否和初次見面，又比自己年長的男人打開話匣子，但是單身又經常出國旅行的我聞非常親切，很自然地幫我盛些沙拉和千層麵，也很有耐心地聽我這個女大生聊些無趣話題，絲毫沒有話不投機半句多的尷尬與痛苦。

因為聊得太開心，我又喝了一杯平常不碰的桑格莉亞水果酒，已經有點醉了。我們也很自然地以我聞先生、由紀小姐稱呼彼此，拉近距離。
道別時，站在地鐵入口的我回頭笑著對他說：
「今天很開心，再見。」
我聞睜著剎時酒意全消的眼，毫不遲疑地奔向我。
「等等，由紀小姐。我想再見到妳，方便給我聯絡方式嗎？」
提出如英文直譯般的請求。
於是我的手機響了一聲便掛斷，只見他一邊仔細地確認，一邊登錄我的名字與手機號碼。
我聞露出溫柔的笑容，說道：
「今天真的很開心，方便的話，下次一起去看展。剛才妳說妳也喜歡看電影，要是有想看的電影，跟我說一聲，我請妳。」
「好。」
「太好了。路上小心，其實很想送妳一程。」
放心，我自己可以回去。我揮手道別後，轉身走下地鐵樓梯，感覺心情愈來愈沉重。
怎麼會有如此坦率的人啊！我在心中低語。如此純粹、坦白，還是第一次有人對我說想再見到我。

如果是他的話，也許不會傷害我吧。這麼想的我，不知為何淚水順著臉頰淌落。

當睡意漸濃時，一聲「真壁醫師」促使我抬頭。

窗外是一片雪景的陌生城市，我趕緊穿上羽絨衣，準備下車。

我一邊背起包包，一邊眺望月臺四周，身穿大衣，走向驗票口的乘客並不多。空氣冷冽到無法只以寒冷這詞來形容，就連呼出來的氣息都很白。

「這是今年第一場雪呢！」

穿上厚厚羽絨衣的辻先生忙著用手機察看收到的郵件，告知我要在這裡換車。

特快車車廂裡好溫暖，因為熱到背部出汗，我趕緊脫掉羽絨衣。窗外是片無邊無際的雪景。

「我已經和等會兒要碰面的南羽先生通過電話了。他在藝大本來是主修油畫，後來放棄畫畫，回到故鄉和幾位夥伴合開工作坊，從事陶藝、織染之類的創作，活用當地素材製作東西的樣子。」

我點點頭。我聞也有幾位這樣的朋友。

「不過啊，我問他關於素描課的事，他說因為自己只參加過兩次，不曉得能不能幫上忙就是了。雖然他在電話裡頭這麼告知，但我說還是希望能拜見一下他以前的創作。若要問些比較敏感的話題，就看到時情況，隨機應變了。」

「真的很謝謝你的諸多幫忙。」

我向他道謝。

「我也很謝謝您，您為這本書費心了。不管怎麼說，庵野律師比較清楚這件案子，況且和熟識的人一起做事也比較有默契，但因為您有所顧慮，我才有幸參與其中，真的很開心。」

辻先生的口氣十分真誠。我笑了，心想要是我有弟弟的話，大概就是這種感覺吧。

我看向窗外，呼了一口氣，陰沉天空變得更朦朧。突然覺得此行可能白跑一趟吧。

仔細想想，連同事柳澤老師都知道的校外素描課要是公然發生什麼奇怪的事，還真是匪夷所思。莫非得逐一調查當初參與的學生動向嗎？只參加過兩次的南羽又知道多少呢？

一想到再過幾個月就要開庭審判，內心有些不安。只說是父親讓她很痛苦，卻沒有吐露任何實情的環菜，莫非就只是個任性的女兒？

列車從天色陰沉的城鎮駛進深山時，外頭的雪也愈積愈深。

當我們來到保留著往昔城鎮風貌的站前廣場時，雪仍舊下個不停，絕大部分的黑色屋瓦都塗上白妝。

我們坐上計程車，告知要前往的地址後，車子疾駛在冷冷清清的馬路上。

車子行駛在四周盡是進入休耕期的農地，綿延不斷的田間小路。車前窗外揚起猶如煙塵般的雪，視線非常差，唯獨計程表上的車資不斷往上飆。

瞧見白色樹林另一頭，有一棟漂亮的古民家。計程車停在黑色大門前，司機指著房子說「應該就是這裡」。

按了門鈴不久後，開啟的門扉響起令人懷念的聲音。

出來應門的是身穿格子襯衫，搭配開襟毛衣的青年。有著一頭微捲黑髮和明亮雙眼的他看起來很年輕。

「您好，我是南羽。勞煩大老遠跑一趟，真是不好意思。」

他以開朗的口吻打招呼，還行了好幾次禮。

室內採挑高設計，天花板上的粗大梁柱讓人注意到這是時常下雪之地的建築結構。兼作起居室的木地板房間，設了個現在很難見到的炕爐。地板上鋪著波斯風藍色地毯，靠牆的裝飾櫃上排放著石膏像和陶器，擺在窗邊的煤油暖爐正燃燒著。

他拿出坐墊，我們圍著炕爐而坐。

南羽先生從最裡面的廚房端來茶具，將茶杯放在我和辻先生面前。

「因為是古老民宅，所以屋子裡頭有點冷。」

「不會，好漂亮的房子。」

我說。配合殘留著歲月痕跡的木頭顏色，融合和洋風格的裝潢設計十分協調。

「我和當地的陶藝家，三個人共享這空間。我負責設計、繪製盤子和茶杯。」

「原來如此。你們本來就是朋友嗎？」

辻先生一邊用茶杯溫手，這麼問。

「不是。這裡是其中一位陶藝家的祖父的家。老人家去世後，這裡成了沒人住的空屋。他在臉書上徵求室友，我們就這樣認識了。住在一起三年了吧。有時會有同為藝術家的朋友，或是外國朋友來我們這裡住幾天，這一帶挺愜意清幽呢！」

我想起我聞結婚前，有時也會有國外回來的攝影師朋友留宿他家。

從炕爐傳來薪柴燃燒聲，紅色火光照得眼睛有點迷濛。

我試探地問：

「現在還有畫畫嗎？」

這個嘛……。他的口氣有點含糊。

「是有啦！可是，嗯……該說是明白自己的能耐嗎？總覺得自己不適合創作那種畫在大畫布上的作品，比較適合在盤子、杯子之類，這種小物件上創作。」

他一邊說明，一邊站起來，打開裝飾櫃的玻璃門，拿出幾件作品。

一字排開的盤子上繪著藤蔓、粉色花卉交相重疊的圖案。

「好美喔！」

我說。他難為情似地搖頭說「這等功力還不行啦」。

「除非看到燒製好的成品，否則無法得知結果這一點很有趣。我也會幫忙燒窯，但是要連續好幾天輪班、熬夜看顧，對我這個素人來說，還在辛苦適應中。今年秋天，我們會在當地畫廊舉辦首次個展，希望技巧能愈來愈精進。」

「南羽先生就讀藝大時，都是創作什麼類型的作品？」

辻先生非常自然地觸及最關鍵的問題。

「多是風景畫，人物嘛，比較少畫吧。不過也有人完全相反就是了。我本來就比較喜歡抽象畫。」

「可以自己選擇要畫哪一類嗎？不是兩種都得學？」

「老實說，兩種都要學習，真的很辛苦。」南羽先生苦笑著說。

「所以也會參加校外素描課，練習人物畫。」

聽到這番話，我將手上的茶杯輕輕放在膝前。

「聽您的朋友島津先生說，南羽先生曾參加聖山那雄人先生在自宅開設的素描課。」

他眨了眨眼，點頭說「是的」。

「不過我只參加過兩次。記得兩位要寫一本關於聖山老師被殺事件的書，是吧？不曉得我知道的事有沒有參考價值就是了。」

光是告訴我們那兩次上課的情形就很有參考價值。我說。

「好比聖山那雄人先生有沒有特殊指導方式，或是有什麼印象深刻的事，還請您不吝告知。」

只見他皺眉，沉默片刻後，這麼回答：

「『如果你想認真瞧對象物的話，那就從現在這瞬間比平常認真十倍瞧吧！』他的這番話令我印象深刻。畢竟大多數學生練習素描時，都是抱著看個幾眼就行的心態。這番話也讓我明瞭原來他是這樣看世界，才能畫出那麼精密細緻的畫。」

十倍啊，還真是辛苦。辻先生不由得吐露感想。

「您還記得參加學生的男女人數比嗎？」

我又問。

「都是男生。」

他說，還補上一句「我記得聖山老師的個別指導對象只限男生」。

「他說指導女生要顧慮這、顧慮那，很麻煩。」

南羽先生邊說，邊打開鐵製壺蓋，瞧了一眼又蓋上，瞬間響起沉鈍的金屬摩擦聲。他再次起身。

「我再去沖壺茶。」

我朝他的背影，喚道：

「那時參加校外素描課所畫的作品還留著嗎？」

「啊，畫嗎？這個嘛……還留著嗎？」

他偏著頭，一副認真思索的樣子。

「因為都是沒有完成的練習畫，所以沒有繪在畫布上的油畫作品。不過，倒是留著當時的素描練習本，想說也許能激發創作靈感，便一起帶了過來……不好意思，因為手邊有十幾本素描本，所以要花點時間找一下，可以嗎？」

我和辻先生頷首。

他登上通往二樓的樓梯。

我看了一眼辻先生，他露出「一切只能靜觀其變」的表情，我的表情也變得嚴峻，反省自己對於聖山那雄人開設的素描課，抱持過於先入為主的偏見也說不定。

傳來緩緩下樓的腳步聲，南羽先生拿著大開本的淺咖啡色大開本素描本。

他拍掉封面上頭的薄薄塵埃，告知「就是這一本」。

「因為是學生時期畫的，實在不好意思拿出來給別人看，還請包涵。」

從他那純粹因為自己技法不純熟而感到羞恥的口吻，看起來應該沒有我們懷疑的那種事。

縱使如此，辻先生還是接過素描本，一邊說「那就容我們欣賞一下了」，一邊翻開。

「哇！畫得真好。」

這麼誇讚的他翻了幾頁後，突然停手。

「這是……」

辻先生的反應突然有點奇怪。

怎麼了嗎？南羽先生不解地問。我從旁瞧著辻先生手上的素描本。

這一頁繪著有個很像環菜的少女，穿著隱約顯露身體線條的連身洋裝，倚靠著什麼的姿勢。

但她倚靠的不是椅背，也不是牆，而是裸男的背部。

兩人背靠背坐著，緊貼著彼此的背部。

我想起會面時，環菜說過的話。想想，有些用詞有點微妙。我發現是那股無意識間察覺到的違和感將自己帶到這裡。

環菜的確這麼說過。

——身體好沉重、好疲累。

畫中環菜那有點呆楞仰望半空中的眼神，和隔著看守所玻璃窗看到的眼神一模一樣。

辻先生總算情緒平復似的，有點不太好意思地問：

「請問……這位男性是全裸吧。連內褲也沒穿嗎……」

「一般裸體模特兒都是全身赤裸，不過構圖上會考慮到不能讓小孩子模特兒看到男性裸體就是了。多虧這樣的練習課，才能比較人體的細微部分，像是各部位的大小差異等，對於學習有很大幫助。」

雖然南羽先生的口氣和方才沒兩樣，卻顛覆了我們覺得他是個好青年的印象。

「請問這種事常有嗎？因為我對這方面不太瞭解，所以覺得有點匪夷所思……我是這麼覺得啦！」

可能是察覺辻先生拐個彎在批評吧。只見南羽先生詫異地反駁。

「您誤會了。這孩子不是什麼奇怪的孩子，她是聖山老師的女兒。當時大家都認為藝術就是這麼回事，尤其要想成為聖山老師那般知名畫家的話。」

「或許環菜小姐也這麼認為吧。藝術就是這麼回事。」

我喃喃自語。南羽先生一臉困惑地接過、闔上素描本。

「對不起，明明承蒙協助，卻說了冒犯您的話。」

辻先生道歉，跟著道歉的我看向南羽先生。

「如果可以的話，能否向您借這本素描本呢？我們想和環菜小姐的律師商量，看看能否作為開庭審判時的辯護證據。」

他一聽到審判這字眼，突然心生怯意似地吞吞吐吐。

「要是拜託長期參加校外素描課的人，恐怕有困難吧。想說南羽先生是否能以知道當時情況的第三者身分，協助釐清事件。」

沒想到南羽先生斷然拒絕，表示自己無法幫這個忙。我有點暗暗吃驚。

「我聽到聖山老師慘遭殺害的新聞時，真的很驚訝。而且得知那女孩就是嫌犯，著實深受衝擊。老實說，我覺得師母很可憐。雖然我只去過兩次，但每次上完課，師母都會準備茶水、親手做的料理招待我們，也會親切地和我們聊天，是個美麗又溫柔的人。這麼好的一個人卻得面對丈夫身亡，女兒是殺人犯的事實，真的很可憐。所以我不希望再被起底什麼事，引發更大騷動……」

我反射性地深吸一口氣，在腦中將聽到的話連結到那幅畫。

溫柔的母親親手做料理給來上課的學生吃，而這些年輕男人比平常更專注十倍觀察一直坐在全裸男人身旁的女兒——

還有比這更令人匪夷所思的事嗎？

辻先生像要劃破如此尷尬的沉默氣氛，掏出手機。

「我們也該告辭了。我來叫輛計程車。」
意識到我們要識相離去的南羽先生又回復親切口吻：
「出去後右轉有公車站牌，可以直接坐到車站。」
我們道謝後，趕緊準備離開。
我們在玄關穿鞋子時，他語重心長地說：
「我想，我的素描應該幫不上忙。」
我看著他，幽幽地說：
「也許是個很重要的證據，能拯救你那時畫的少女。」
我將自己的聯絡方式遞給沉默不語的他。行禮道別後，步出颳著雪的屋外。站在孤零零矗立著，四周沒半個人影的路邊公車站牌旁，著實冷到心坎裡。就在我不斷呼出白氣時，公車總算姍姍來遲。
我們一坐上車，才發現和來時路反方向。雖然因為下雪的關係，視線很差，所以路看起來都一樣，但公車似乎不知不覺間上了山。一旁的辻先生焦急地道歉，看來他也很在意剛才那張素描吧。
我搖搖頭，望著霧茫茫窗外的深山雪景，這麼建議：
「這輛公車好像要開往觀光景點。我們在那裡下車吧。應該會有回頭車。」

咳了幾聲的我打開包包，拿出喉糖。因為車裡的空氣很乾燥，忽然覺得很渴。

當蜂蜜口味的喉糖在口中完全融化後，公車抵達終點站。

下了公車的我看到眼前一片雪景，放心地輕嘆一口氣。

在這處深山的村落裡，除過雪的道路兩旁散布著幾棟時光彷彿靜止在數百年前的合掌屋。

遠處的崇山峻嶺因為紛飛大雪而顯得迷濛，只有凍結似的寒氣讓人意識到現實。

瞧見寥寥可數的觀光客走進吃飯的地方和資料館。

「原來還有這種地方啊！我完全不知道。」

雙手插進羽絨衣口袋的辻先生喃喃自語。我附和「我也是」。

素描本裡的環菜瞬間遠離腦海，我們佇立在靜寂中。

「我去問問村人，這裡有沒有公車站或是計程車可搭。」

這麼說的辻先生吐著白氣，在雪地上小跑步。

我信步往前走。

就在我漫步於被綿延不斷的雪牆隔出來的道路時，彷彿一切都被白色抹消，感覺我聞、正親和迦葉都不在這世上似的。

只有年幼環菜的迷惘神情烙印在眼瞼。

「剛才那班公車會開回車站的樣子！」辻先生的聲音讓我回神。

我們默默地坐在回程車上。在雪中行走的疲勞與睡意，混著一絲不快感，引發強烈的倦怠感。

就在這時，辻先生客氣地開口：

「真壁醫師，有件事想請教您。」

請說。我抬起頭，看向他。

只見他一臉嚴肅地說「該怎麼說呢」。

「我覺得剛才南羽先生描述的上課情形實在有違常理，非常有問題，只是……」

「只是？」

「這種事該如何界定呢？她和男模特兒只有背部接觸，並未讓她看到裸體，也沒有擺出什麼與性有關的姿勢和肢體接觸，感覺過程十分周全嚴密……這般情況會造成多大的心靈傷害？我實在無法判斷世人看到那張素描圖，是否也會覺得事態嚴重。」

本來想要馬上回答，思緒卻像沉渣般混濁。

我試圖重整心緒似地閉上眼，告訴他：「我想稍微睡一下，晚上再談這件事吧。」

我們回到富山的市街時，又下起雪。昏暗街道上散布著幾間店，從店內流洩出燈光，寒意更深。

我們走進一家招牌燈還亮著的小料理店，坐上吧檯座位時，總算可以歇一口氣。

「辛苦了。」

辻先生邊用溼毛巾擦手，總算放心似地說。

我也回以同樣的話，喝了一口端來的啤酒，因為口很渴，覺得格外美味。

我們並沒有馬上討論環菜的事，而是邊聊對於合掌屋的感想，邊挾菜；這時手機突然響起，是個沒有顯示來電者的陌生號碼。

我向辻先生說聲抱歉，接起電話。手機那端傳來的聲音讓我深感意外。

「冒昧打給您，不好意思……我是小山由加利。」

我邊起身，邊回應「我是真壁」，隨即走到店內最裡面的廁所門口，靠著牆問道：

「突然打給我，有什麼事嗎？」

「庵野律師不見了。」

我仰頭呆怔幾秒，才反問「不見了是什麼意思」。她哽咽地說：

「真的很抱歉。要是讓我身邊朋友知道我明明有婚約卻愛上別人，也許會和我絕交，畢竟是我和他都認識的朋友；但是我只考慮到自己，要是庵野律師出了什麼事的話……」

我先安撫被歉意與罪惡感搞昏頭的小山由加利，然後向被我擋到路的服務人員點頭致歉，隨即壓低聲音說：

「我也很擔心你們的事，請說。」

她又怯怯地道歉。

「迦葉怎麼了？」

「我完全聯絡不上他。因為我離職了。只好打電話去事務所找他，事務所的人說他打電話請假，也許真的是身體不舒服，可是庵野律師是個工作狂，請假對他來說是很稀奇的事，所以我突然覺得很不安。」

「妳是因為想到什麼事情，才會這麼不安嗎？」

由加利沉默半晌後，才說「其實……」。

「前天晚上未婚夫來我這裡時，庵野律師打電話給我，但我沒接。那時，我突然看了一眼陽臺那邊，也許是我看錯了，瞥見有個很像庵野律師的男人身影越走越遠……」

是喔。我不由得出聲。

「的確讓人擔心啊！我也來試著聯絡他。」

「對不起，因為我怕要是事情鬧大，庵野律師會不高興，所以真的不曉得該怎麼辦才好。」

「他大概是不想讓別人找到他，才會斷絕聯絡吧。」

我委婉勸她別太鑽牛角尖。

「我明白。其實我現在好想見庵野律師，擔心得睡不著……他的事就麻煩您了。」

我告知有什麼眉目會立刻聯絡她後，結束這通電話。

先傳郵件給迦葉後回座，辻先生剛好倒了杯熱酒。

他一瞧見我，有點難為情地說「啊，抱歉」。

「其實我幾乎不怎麼喝酒，不知為何今天卻想喝一杯。」

「也幫我倒一杯。對了，我們還是第一次一起喝酒呢！」

「就是啊！還真是不可思議的緣分呢！對了，那通電話，沒事吧？」

我點點頭，想說稍微緩和一下氣氛，說道：

「其實是和迦葉交往的女孩打電話給我，她好像很煩惱的樣子。」

辻先生回應：

「真的假的?!庵野律師果然很吃香呢！」

「是啊！只是那女孩和別人有婚約了。她因為一時之間聯絡不上迦葉，很擔心，所以打電話給我。」

辻先生偏了一下頭，說了句「既然如此，那就沒辦法了吧」，接著又說：

「一旦那女孩結婚了，庵野律師應該就會默默退出吧。」

「與其說是默默退出，應該說他打從一開始就沒有打算和對方交往吧。迦葉就是這樣子。」

雖然店裡的暖爐熊熊燃燒著，但因為不時有客人開門進來，外頭的冷空氣也隨之竄入。看來還在下雪吧。

辻先生一副難以啟齒似的，「呃，那個，其實我總覺得……」這麼說。

「真壁醫師該不會……呃……和庵野律師有過什麼事情吧？我猜的啦！不好意思。因為感覺你們有時候很親近。」

我不禁苦笑。辻先生一臉困惑地窺視我。

「我知道庵野律師很有異性緣，但總覺得他好像沒有特別喜歡、執著的對象，所以才會覺得他和真壁醫師特別要好也說不定。不過那位小姐會不會想太多啊？覺得自己傷害了庵野律師的感情。」

「一定是迦葉讓人家女孩子有這種感覺吧。」

我這開始微醺的腦子想起十幾年前初次和迦葉相識一事。

我突然喃喃道「關於那件事」。

「就是環菜小姐在眾目睽睽下和裸男一起擔任素描模特兒這件事，究竟對她造成多大傷害呢？」

辻先生猛然想起似地說：

「對喔。想聽聽您對於這件事的看法。」

「如果當事人一直覺得被別人帶著猥褻眼神注視的話，心靈就會受創。問題是，這種事很難證明。若是一般心理諮商，只要當事人表示確實感受到，就能說明的確受到傷害，我們會肯定、理解當事人的感受，然後慢慢誘導他今後盡量避免再遭遇這樣的不幸，回復正常心理狀態；但要在法庭上證明這種事……只能說難度很高吧。」

「況且這種事也有可能是當事人有所誤會，是吧？」

「不管是誤會還是什麼，年幼女孩大概搞不清楚什麼是被別人帶著猥褻眼神注視吧。只覺得有種說不出來的厭惡感、很噁心，因為意識到別人的不友善而惴惴不安，所以容易變得神經質。這種感覺會在長大後藉由性經驗，初次意識到原來那時別人看自己的眼神是這樣的意思啊！」

語畢，感覺自己的指尖有點麻麻的。

「您的這番話好有說服力喔！因為看診時常接觸到這樣的女性嗎？」

「小時候，我爸常去東南亞一帶出差，就像環菜的父親那樣，每次一出國就是一、兩個月。」

「是喔。」

「東南亞一帶會買賣未成年女童，從事色情交易。」

辻先生詫異地眨了眨眼。

「剛才那番話是我的親身經歷，到現在還清楚記得小時候只要我爸一回來，我就會躲進自己的房間，一直用棉被蒙著頭直到天亮，我也不知道為什麼會這樣。洗澡時也是，我從小學高年級開始，脫掉衣服準備洗澡時都會關燈。記得有一次我爸突然打開浴室門，那時我身上只穿著貼身衣物，他既沒道歉，也沒嚇一跳，只是盯著在昏暗中不知所措的我，說了句：『起碼開個燈啊！』便關上門。」

「那個……純粹只是覺得尷尬，沒別的意思吧？」

面對有點不太好意思提問的辻先生，我謹慎回應：

「應該不是吧。現在回想起來還是覺得不太舒服。」

昏暗中，感覺自己被看光光，這種感覺很不舒服。

感受到因為逆光的關係，站在走廊上的父親那張陰暗臉上的表情與眼神。

直到他說「起碼開個燈啊」這句話為止，短短幾秒的沉默竟覺得意外漫長。

「對了，真壁醫師是何時聽聞東南亞一帶會買賣未成年孩童，從事性交易呢？」

面對再次慎重提問的辻先生，我回道：

「我是在成人禮那天早上知道有這種事。一年後，我在大學校園被迦葉搭訕。只能說辻先生的猜測只對了一半。我和迦葉之間的確有著不可告人的事情，但那並不是因為戀愛而發生的事，所以我到現在還是很後悔，竟然發生那種互踩地雷的事。」

因為沒有窗戶，所以坐在店裡不清楚外頭的狀況。

是否還在下雪呢？

為什麼我小時候那麼責怪母親？長大成人後，依然是個謎。

我是那麼努力、如此偽裝自己，她的要求卻愈來愈嚴苛。

我想買件碎花短裙，就被她罵不知羞恥，嘲笑我想要那種東西，該不會是喜歡上哪個男生；還以沉迷言情小說很要不得為由，將我最愛的小說全數丟掉，結果空空的書櫃擺了一排世界名作全集。

母親一直灌輸我要想生存下去，靠的是智慧與體力，女人味什麼的一點也沒有用。明明光是去補習班補英文會話就已經很吃力了。她還要我去學空手道，而且不管我願不願意，隔天餐桌上就擺著入會申請表。

我從小學高年級就常常夢見奇怪的夢，不是夢見自己被鱗片不斷剝落的大蛇追逐的夢，就是撞破教室的牆壁，不然就是蜿蜒的軌道朝我迫近。就在我想逃卻被逮住，嚇得睜眼時，已經是早上了。

我曾經試著去保健室找老師談談這件事，但只見年輕的保健老師一臉困惑地說「這樣啊」。

「那就不要逃走，試著面對一次，如何？」

給了這般建議。

我姑且點點頭，很失望老師無法理解為何難以面對那種說不出來的恐怖感，也不再期待有人能明白我的感受。

當我知道任職於知名電器廠商研究中心的父親，竟然趁出差空檔和未成年少女性交易一事，是在迎接二十歲後的第二天。

因為成人禮那天早上大雪紛飛，我沒辦法穿著和服從車站前的美容院走到會場，所以母親開車來美容院接我。

就在我們龜速行駛在嚴重塞車的環狀八號線上時，母親突然提起父親這件醜事，還說因為我不是小孩子了。所以才告訴我。

不明白母親為何挑那時機告訴我這種事。總之，拜這件驚天祕密之賜，無論是成人禮還是歡聚至深夜的同學會，我一點記憶也沒有。

唯一記得的是，隔天早上我和也不是很喜歡的同窗男生一起在賓館醒來。

我們一直激烈做愛直到早上十點退房為止，結果兩人的腰都痛到不行。

那個男生還露出猥褻的笑容說：

「沒想到腦筋一流的由紀竟然是床上高手啊！有種超級賺到的感覺。」

結帳完，我快步離開賓館林立的那條街。

回到家的我趴在床上不停痛哭，待淚水總算止住後，馬上收拾行李，趁母親回來前離開家。

有家歸不得的我不是寄宿朋友家，就是和男友同居，甚至休學一年，拼命打工。

我進入診所工作時，曾和院長坦白這些事。

「妳希望自己覺得性愛這件事也沒什麼大不了的，是吧？」院長說。

總算有人能夠理解我的心情，頓時覺得好安心。

那時才二十歲的我實在無法承受父親的醜惡祕密。於是，為了抹去、舒緩、輕蔑這個衝擊，我的男友一個換過一個，結果只是搞得自己遍體鱗傷，徒留疲憊感。

就這樣來到大學第四年的春天，我總算開始獨自生活，也以大三學生身分重返校園。

我和迦葉初遇在櫻花花瓣與社團傳單漫天飛舞的大學校園。

那天早上，許久沒來學校的我抱著有點擔心跟不上時代的忐忑心情，走過學校大門，怔怔地站在中庭眺望校舍。

學生們誤以為愣頭愣腦樣的我是新生，紛紛將社團傳單遞給我。就在我不知如何拒絕，只好猛說謝謝的時候，被人從身後像翻牌似地攫住左肩。

有個男的俯視嚇得回頭的我，他那被緊身T恤和牛仔褲包覆的四肢好修長。

「不好意思，想說妳是新生，但總覺得不太像。」

因為他先這麼說，我回道：

「……我大三了。」

「不會吧？我們同屆耶！為什麼露出那麼不安的表情啊？親愛的。」

因為沒想到他會脫口而出「親愛的」，促使我好奇地打量他。

他臉上那對大小眼，分別棲宿著親切與疑心，親切待人的同時，也輕蔑地瞅著對方。又細又挺的鼻梁，容貌還算端正；可能是因為瀏海長到快遮住眼睛的緣故吧。從他臉上讀取不到任何表情。

「我的表情有那麼不安嗎？」

我反問的同時，他伸出右手。

我那被他差一點摸到的頭髮被風吹得亂糟糟，遮住了視線，迦葉用那彷彿能看透什麼似的眼神，沒頭沒腦地說：

「要不先去剪個頭髮？實在太長了。剪完後再去吃飯吧。」

我想起自己因為省吃儉用，已經四個月沒去美容院整理頭髮，遂不安地反駁。

「我的事和你這個陌生人無關。」

「好、好。那先來個自我介紹，我是法律系三年級的庵野迦葉。」

「迦葉？」

「是啊？很稀奇的名字吧。我不喜歡人家叫我庵野，叫我迦葉吧。」

一般初次見面時，絕對不會直呼對方的名字，但我瞬間察覺到一件事，「我不喜歡人家叫我庵野」這句話和他的口氣，讓我直覺他也是個對父母深感失望的人。

也許別人覺得我想太多了。但迦葉讓我感覺像在照鏡子。就像現在我看到諮商對象的臉，瞬間就能看出對方也有類似的心靈創傷，所以我會刻意避免使用讓對方反感的詞彙，而且這樣的判斷幾乎沒出錯過。

雖然說起話來連珠炮似的迦葉刻意裝得一派輕佻樣，卻嗅得出他其實很緊張，警戒心很重。我心想這男生還真怪的同時，也感受到一股痛切的親密感。

邊意識到危險氣息，邊被他吸引的我勉強回道「好吧」。

「那我叫你迦葉，但是頭髮……」

「對了。明天下午三點有空嗎？我們在車站前面那間很大的美容院碰面吧。對了，怎麼稱呼？不必說姓什麼也沒關係。」

我低喃「由紀」。迦葉立刻將我的名字輸入手機，還理所當然似地問：「怎麼寫？」

「理由的由，糸字旁的紀。我說你都是這樣向別人搭訕嗎？」

「倒也沒有，只是感覺由紀像個獨行俠。反正妳也沒啥朋友吧。」

心想這男的還真是沒禮貌的我卻無法反駁。懊惱不已的我突然反問：

「迦葉有朋友嗎？」

很多啊！他泰然自若地回道。

「只是我誰也不信。」

雖然對他一點好感也沒有，我卻無法爽約。

我想，肯定是因為在這盡是笑容燦爛，家境不錯學生的校園裡，只有我和迦葉身處孤獨中吧。

隔天下午三點，站在美容院大片玻璃窗前的迦葉拉著勉為其難的我，走進店裡。

我們坐在沙發上等候時，走過來招呼的年輕女設計師有點困惑地問「請問是……」，交互看著我和迦葉。

「是她要剪。」

迦葉趕緊指著我。只見他邊翻閱雜誌，一邊和女設計師溝通：

「大概是這種感覺。瀏海不要剪太短，像這樣順著下來，感覺比較成熟的髮型。」

「等等，這髮型不行。我沒剪過短髮，總覺得不適合我。」

「妳現在的髮型也不怎麼樣啊！沒有什麼適不適合啦！妳就乖乖聽我的，讓自己變身成美女吧。我在旁邊的羅多倫咖啡店等妳。」

美女……。我悵然地嘀咕，女設計師忍住笑，對我說「請往這邊」，我無奈地從沙發站起來。

步出美容院時，已是傍晚時分，我怔怔眺望走在車站前馬路上的過往行人。初春的風還很冷，吹得脖子一帶涼颼颼的。

我敲敲咖啡店的玻璃窗，坐在裡頭看書的迦葉抬起頭。放在一旁椅子上的包包敞開著，沒想到裡頭塞滿判例集和參考書。

迦葉步出店外，「哦」地喊了一聲。

「很適合喔！」

一臉認真地誇讚。

兩人穿梭在雜沓人潮中，我跟著他來到一間位於昏暗巷弄中的燒烤店。我看著隻手拿著啤酒杯，一臉酷樣的迦葉，心想自己怎麼會和昨天才認識的男人坐在這裡大啖烤肉，一邊在煙霧繚繞中動筷。好久沒像這樣吃得好撐。

迦葉是個好聽眾。一回神，才發現自己將休學、獨自生活等事一股腦兒地告訴他。

「真是不簡單啊！」他佩服似地誇讚。

吃到一半，迦葉對鄰桌喝得醉醺醺的大叔們說：

「不好意思，我想練習一下魔術，要不要看我變個幾招啊？」

只見大叔們縱聲大笑，開玩笑地說：「要是沒啥看頭，可饒不了你喔！」迦葉露出充滿自信的笑容，指著一旁的空桌。

「我要讓桌上的東西全都消失！」

這麼宣示。

「少說大話啦！桌上連菜單都有耶！」

就在大叔們的嘲笑聲中，迦葉迅速伸手遮著桌面，被手影覆著的免洗筷瞬間憑空消失。大叔們悄聲驚呼，他又突然張開雙手，上半身趴在桌上。

只見迦葉緩緩起身，身上的黑襯衫和牛仔褲沒有沾附任何東西。不僅如此，就連剛才還放著牙籤、菜單的桌上也空無一物。

眾人鼓掌、喝采，被逗得很樂的大叔們請喝啤酒、吃肉，甚至還打賞，迦葉也很開心地不斷道謝，吃個精光。

兩人步出烤肉店，我詫異地問：

「庵野，你這一路到底是怎麼活的啊？」

「不准叫我庵野。」

迦葉掏出菸。抽著菸的他意外與夜裡還是亮得刺眼的繁華街道十分契合。

「喂，去那邊吧！」

抽完菸的他約我去商業大樓裡一間外國人聚集的夜店。

「啊？」

就在我一臉錯愕時，迦葉逕自走進髒污的大樓最裡面。推開昏暗走廊盡頭的門扉，裡頭濃妝豔抹的女人們又驚又喜，拍手迎接。

「唉唷！來了好年輕的孩子呢！」

好久不見！迦葉裝腔作勢地打招呼。

「雖然我們兩個身上只有四千塊，但實在很想開開眼界，ＯＫ嗎？」

他向裝扮華麗，應該是外國人的女人合掌請求。

「真拿你沒辦法，就先欠著吧！」

女人拉高嗓門撂下這句話，帶我們到角落的座位。

迦葉無視惶惶不安的我，一副常來似地托腮等著外國女人調好威士忌，問道：

「姐，妳來自哪裡？」

外國女子一邊攪拌杯中物，一邊回答「菲律賓啊」。

「可是啊，我來日本交往的第一個男人是個窩囊廢，搞得我超辛苦！」

「真的假的？被他甩了嗎？」

「怎麼可能啊?!敢甩我這麼好的女人！當然是我甩掉他啦！」

「是喔。只能說那個叫田中的沒福氣囉！」
「什麼田中啊！我的前男友姓黑沼！看你年紀輕輕的，還真會耍嘴皮！」
兩人無視瞠目結舌的我，開懷大笑。
小哥也別被可愛女友甩了唷！外國女子看著我，這麼說。
「喔，妳是說她啊！她是我妹妹。被甩掉的是我們，被自己的父母拋棄。」
因為迦葉突然迸出根本讓人笑不出來的笑話，害我拿起杯子的手頓時停住。
外國女子啣著菸，拍拍迦葉的肩膀。
「活著真好啊！可以喝酒，可以和相愛的人在一起唷！」微笑地說。
當女人們紛紛落坐其他桌時，我悄聲問迦葉：
「你常出入這種地方嗎？」
「怎麼可能？我哪有錢啊！倒是會去打工附近的卡拉ＯＫ小酒館，變個魔術換免費東西吃喝。」
迦葉一手拿著杯子，這麼說。
「老實說，以你的年紀出入這種店，不覺得太早嗎？」
「有些人只是內在比較早熟，不是嗎？我看妳就是這樣的人。」

我怔住，杯子裡響起冰塊融化聲。迦葉看向正在高歌的酒店小姐，邊打拍子，邊說：

「再怎麼煩惱的事都能輕輕帶過，不管怎麼樣都會笑臉迎人，有時候就是想來這種地方囉！誰叫我家教不好。」

「為什麼說我被父母拋棄？」

「一個人在老家附近租房子住，肯定有什麼原因吧。一般父母怎麼可能放心讓還在念大學的女兒像妳這樣搬出去住。」

我沒有回應，只是默默喝水。好像有點醉了吧。有種想哭，也想笑的心情，心像被緊緊揪住似地好難過。

我們衝出夜店，一路狂奔，還是沒趕上末班車。

兩人在昏暗月臺的自動販賣機買罐裝茶飲，坐在椅子上喝時，「喂，這給妳。」

迦葉將插在隨身聽的其中一只耳機遞給我。

想說他要推薦我聽什麼歌吧。遂將耳機塞進耳裡。

「於是女人在分手之際，對我說：『沒像在夢裡那樣被殺死，真是太好了。』說完後，旋即從走廊上消失。」

卻傳來這樣的聲音，我嚇得拔掉耳機。

「這什麼啊?!幹麼聽這麼恐怖的東西？」

「哈哈哈！什麼嘛！沒想到由紀那麼膽小。」

呵呵笑著的迦葉張開雙手，靠著椅背。

昏暗的鐵軌綿延至黑暗彼方。除了我們的說話聲，只聽得到從被我拔掉的耳機裡傳來說鬼故事的微弱聲音。

從此，我和迦葉每個禮拜都會像這樣在下課後，出入我們這年紀不該去的店，一起吃喝玩樂、享受免費招待。每當有人問我們是不是情侶，「我們是兄妹。」都會這麼謊稱。

現在想想，這是為了維持這般曖昧關係的手段。能在短時間內，無關性別，邂逅理解彼此的對象，這般幸福包裹著我們。

暑假即將到來，周遭人不是要去海邊玩，就是忙著張羅研習營的事。對忙著打工的我和迦葉來說，都是些連想都不用想的事。那時，我才知道迦葉八歲時離開生母，寄宿在阿姨家。

我們約好打完工在居酒屋碰頭。迦葉訴說姨丈、阿姨和他們的兒子有多疼愛他時，表情意外地柔和；我笑著傾聽，卻湧起莫名的嫉妒，因為他知道什麼是親情。

雖然迦葉只說過一次他逃離生母極度虐待的慘事，卻覺得他比沒有任何大人照顧的我幸運多了。

那天晚上，喝得有點爛醉的我們步出居酒屋，經過車站前面的天橋下方陰暗處時，高亢腳步聲反響在低矮的天花板上。

「好想看星星。」

迦葉望著昏暗的混凝土天花板，這麼說。

百貨公司附設的遊樂園冷冷清清，離營業結束時間還有十分鐘。迦葉大踏步地往前走，硬是穿過各種動物造型的遊樂設施，仰躺在人工草坪上。

我也依樣畫葫蘆，躺在他身旁。

「對了。我大哥前陣子得到攝影獎呢！很厲害吧。」

我看著他開心的側臉，回道：

「恭喜，好厲害喔！記得他才二十幾歲？」

都市的夏日有著一片能用手指清楚描繪星座的綺麗夜空。深吸一口氣，感覺意識有點模糊。

「他從以前就說二十幾歲時要去國外拍照，拿個攝影獎。對了，他說秋天會在畫廊開個展，由紀也去看看吧。妳應該是我大哥的菜。」

迦葉的吹捧讓我苦笑不已，只能敷衍回應「是喔」。

「是啊！要說我行我素、天真浪漫，還是讓人無法捉摸呢？大哥喜歡那種瘦瘦的、看起來很聰明，帶點陰鬱感的女生。以前他給我看過某位電影女明星的劇照，說這是他的理想型。穿著超合身的黑色洋裝，非常瘦，啊，我想起來了。」
他說出電影片名。
我勉強點頭附和。其實比起未曾謀面的大哥，我更感興趣的是迦葉對我的印象。
「妳上網查一下『真壁我聞』，就能找到我大哥的照片，超有型哦！」
我忘了附和，只是聽迦葉說著，因為他從未像這樣毫不顧忌地讚譽過任何人。
「我最喜歡大哥了。」
他常說這句話。
「我之所以念法律系，也是因為大哥的建議。」
迦葉這番話讓我更詫異，因為頭一次聽聞這件事。
「大哥還住在家裡的時候啊，我們常玩黑白棋和將棋呢！可是大哥他超弱的，卻還是喜歡找我玩。我總是想：這傢伙人很好，可是腦子不太靈光啊！看他輸得很慘，非常懊惱的樣子，我就很開心。」
迦葉的口氣難得如此開朗，感覺得出對他來說，這是最幸福的回憶。
「大哥說我很聰明，很適合當醫師或律師。他就是這麼單純的傢伙，我就順勢唱反調：『我才沒興趣幫助別人！』他說有什麼關係啊！我就這樣被說服了。」
「為什麼？」

「他說想幫助別人的傢伙通常只想幫助值得同情的人，只有醫師和律師是面對不想幫助的人，還是得硬著頭皮幫助，所以這兩種職業最適合像迦葉這樣不想和別人太親近的人。老實說，我一直覺得大哥腦子不太靈光，所以他的這番話讓我很驚訝。那時我心想，大概一輩子都贏不了這傢伙吧！不過就算贏不了他，我也很開心，這種感覺有點奇怪就是了。」

為什麼會這樣？不知為何，只要一想起那時的迦葉，還是覺得很難過。

那是在街上徘徊時，會感覺涼颼颼的初秋，喝得有點爛醉、錯過末班車的迦葉第一次來我住的地方。

我們躡手躡腳地上樓，迦葉環視一眼狹小的廚房和寢室。

「怎麼有種事到如今才這樣的緊張感啊！」

他傷腦筋似地笑著這麼說時，我正將水壺放上瓦斯爐。他之所以說「事到如今」，也許是自我解嘲吧。但總覺得聽起來還有別的意思。

我們靠著牆，聽著水蒸氣從壺嘴噴出的聲音，就連和迦葉接吻時，還是覺得有點怪怪的。縱使如此，孤男寡女同處一室也只有上床這個選項了。

關掉瓦斯爐，我們移動至床上。

雖然他撫摸胸部和大腿的動作有些粗魯，但也不會不舒服就是了。昏暗中，迦葉脫掉

T恤，露出的肩膀和纖細手臂好性感，俯視我的眼神也是。

我的身體卻沒反應，而且比起和怎麼樣都不可能喜歡的男生上床時更沒反應。他的手指在我的私處撫弄時，只覺得疼痛不已，迫使他只好趕緊收手。看來迦葉也覺得不太順利，因為不必刻意碰觸，光憑他壓在我身上的感覺就知道了。

微弱燈光下的迦葉果然露出有點尷尬的表情。

「看來我們都喝過頭了。」

是啊。我只回了這句話，便蓋上棉被，想說乾脆睡覺吧。

迦葉卻邊穿上衣服，邊開玩笑似地說：

「就算累積超過兩位數的經驗，還是會有這種時候啊！」

他這麼自言自語時，我的心臟卻像被刺了一刀般疼痛。

「經驗這麼豐富啊！看得出來你應該是這方面的老手。」

我壓抑著情感，吐出這番話。

「是啊！但從沒像今天這樣呢！」

這句話成了關鍵一擊。我用棉被遮掩胸部，起身。

然後對看著我的迦葉說：

「我看你只是性愛成癮吧！因為你缺乏母愛。」

迦葉突然湊向我，讓我冷不防縮起身子。

還來不及用棉被遮擋的我被迦葉用力按住肩膀，他旋即跨坐在我身上，用右手掐住我的脖子。

昏暗中，他的瞳孔清澈得令人不寒而慄，並非盯著我赤裸裸的胸部，而是像要把我的眼珠剮出來似地俯視著。

他因為這番話再次受傷，攻擊性又冒出頭。我緩緩地瞇起眼，薄薄的嘴脣微張，心想就這樣被掐死的話……

迦葉鬆手，用右手奮力捶牆。

隨即背對渾身僵硬的我，鑽進棉被。雖然望著他的寬闊背影，內心的情慾這才萌芽，但我在想要逃避一切的睡意驅使下，整個人昏厥似地閉上眼。

凌晨五點左右，我被迦葉在玄關穿鞋子的聲音吵醒。

我微睜著眼，喊了一聲「迦葉，要走了嗎？」，他沒回應。

昨天是我說得太過分了。對不起。

即便如此，迦葉還是默默地走了。

瞥見走廊欄杆另一頭的昏暗天空，隨即又被遮住。

週一的大學校園裡，一切的一切是那麼無趣至極。迦葉不再理睬我，我醒悟到自己成了孤零零的人。

準備前往大教室上課的我走在走廊上，想起迦葉也有修這堂課，思索著如何若無其事和他攀談時，靜謐走廊突然響起哈哈大笑聲。好奇回頭的我不禁瞠目。

只見迦葉和一名褐髮女子談笑風生地走過來。那女的留著一頭漂亮又有光澤的長捲髮，雪白Polo衫搭配Burberry百褶裙，身材豐滿，有一對銅鈴大眼。

我和迦葉的視線對上。

我的嘴巴像被塞了東西似地無法出聲打招呼，迦葉則是別過臉，湊近褐髮女子的耳邊囁語，只見她一臉困惑地垂眼微笑，迦葉也帶著笑意，走過我身旁。

羞恥不已的我整個人被烈火灼身似的，雙腳無法動彈；雖然無法證明是在說我的閒話，但他們的表情很難叫人不對號入座。

直到下課為止，坐在大教室一隅的我不停發抖。

後來，我頻繁看到迦葉和女孩子出雙入對，而且都是眾人眼中的校園美女。每次在校園見到他時，就覺得有一種被羞辱的感覺，促使我更加埋首課業。

每次在靜寂的圖書館查找資料、翻著書頁時，感覺迦葉就在身旁。

夜晚街上的霓虹燈，繁星點點的清朗夜空，還有他那坦率笑容。

好想回到過往，我不只一次地懊悔著。為什麼我們會變成男女關係？我真的做了那麼過分的事嗎？明明是迦葉先說出那麼傷人的話。我明白自己心存這樣的反駁。

迦葉迸出的話語，只是男生出於虛榮心作祟的輕佻之詞罷了；但我知道自己的話，深深傷害了他。從小就被傷害的迦葉不可能把那番話當作耳邊風。

當迦葉將盛著味噌拉麵的托盤，放在正在學校餐廳吃咖哩飯的我面前時，想說我們終於可以和好了。

我一抬頭，瞧見奔向他的依舊是眾人眼中的美女。迦葉無視盯著那頭長捲髮看得入迷的我，朝那女生笑著喊了聲「唷」。

「怎樣？去看了嗎？」

隨即說了這句意味深長的話。

我低頭開始吃咖哩飯。雖然扒了好幾口才感受到辛辣感，卻幾乎食不知味。

「嗯。好厲害喔！專業攝影師呢！因為是新聞報導的照片，所以畫面有點恐怖，不過顏色很漂亮，感覺就沒那麼可怕。」

我不禁懷疑自己是否聽錯，幾乎連氣都不敢喘地聽著他們的對話。

「是吧。對了，妳不吃飯嗎？」

「午休時間得去找老師才行，因為今天一定要提交研究課題。週末見囉！」

「嗯，辛苦了。」

迦葉舉起一隻手，這麼說之後，拿起筷子。

那女的一離開後，感覺在喧嘩的餐廳裡只有我們這一桌安靜得特別突兀。

我放下杯子，抬起頭，總算和迦葉四目相視。

「好久不見，由紀。妳瘦了？」

這聲招呼讓我頓時覺得渾身無力。也許吧！我佯裝冷靜地隨口附和，卻突然控制不了情緒。

「你們剛才好像在聊攝影的事。」

我不由得先開口。

「哦，那個啊！」迦葉若無其事地回道。

「就是我之前提過，我大哥的攝影展。我一說，她就說想去看。」

總覺得他的口氣聽起來有點生疏。

「是喔。原來如此。已經開始了嗎？在哪兒？」

「淺草橋。對了，有傳單。塞在哪啊？找到了。」

迦葉從包包抽出一張傳單，放在桌上，嘴裡不知在嘟噥什麼。

你說什麼？我委婉地反問。胃部一帶好緊繃，緊張得想吐，只見迦葉一手托腮，語帶調侃地說：

「妳是不是在嫉妒？我在講家人的事情時，妳的表情還真是微妙呢！」

迦葉對不知如何回應的我說「走囉！掰」，隨即一手拿著托盤，起身離席。

無法目送他逐漸遠去的我一回神，才發現自己哭了，淚水逐漸在桌巾上積成小水窪。來來往往的學生們站得遠遠地瞅著我。

我把自己關在家裡好幾天，裹著棉被一直睡；因為都沒進食，瘦到連肋骨都看得到。天亮時，想沖澡的我脫掉睡衣，瞧見映在昏暗鏡子裡那副不忍卒睹的身軀。躺臥在冷冷的床上，邊感受硬硬的觸感，邊闔眼，多想要個希望、倚靠。

因為有一堂必須出席的課，我換好衣服，打開上學用的包包，瞥見一張傳單，是張散發光芒的攝影展傳單。我抓著這張傳單，整個人僵了好一會兒。

為什麼那時會想去看我聞的攝影展呢？我到現在還是無法說出個所以然。是想瞞著迦葉，做件讓他措手不及的事？還是渴望有個兩人都認識的夥伴？抑或只是自暴自棄？我不知道。

我只確定，絕對不是出於能抬頭挺胸告訴別人的美好動機。

我們在個展相遇的隔天，我聞主動聯絡我，一週後在上野公園約會。

樹葉開始染上顏色，園內人來人往，一片清澄無垠的秋日晴空。

我聞非常自然地配合我的步伐。

我們坐在長椅上啜飲熱咖啡時，一陣寒風吹來。我聞理所當然似地解下圍巾，對我說「不嫌棄的話，拿去用吧」。

我道謝，接過圍巾。織得緊密的咖啡色圍巾好溫暖。我聽著他愉快訴說對於剛才看的美術展的感想，發現自己開始對他產生好感。

我聞大概每隔兩天傳封郵件給我。碰面約會，一起用完晚餐後，他會送微醺的我到離家最近的車站。

雖然每次見面時，都會切實感受到他是個值得信賴的人，卻也對他有所存疑。莫非我聞知道一切，打算和迦葉聯手再次傷害我也說不定。我無法停止這般妄想，也就無法相信任何人。

縱然如此，每次他一邀約，我就毫不遲疑地梳妝打扮，穿上用打工賺來的微薄工資買的連身洋裝、高跟鞋赴約。

我對他只坦白過一次，那是兩人在便宜的酒吧一邊吃燒烤，一邊愉快談笑時，我聞突然問我就讀哪一所大學，來不及反應的我順口回答。

「咦？由紀是念這所大學啊！跟我弟同校耶！不過我們的姓氏不一樣，他叫庵野迦葉。但他念的是法學院，不曉得你們有沒有交集就是了。」
我倒抽一口氣，腦中掠過幾個選項。
「也許有吧。搞不好一起上過課。因為你們的姓氏不一樣，我完全沒察覺。」
結果我選擇最安全的說法。
「是喔。那小子身邊應該總是有女孩子吧。你們說過話嗎？」
「應該有吧……對了，他要是知道自己的哥哥和認識的同學在交往，恐怕會覺得怪怪的吧。」
「對喔。也是啦！我當然不會告訴他。因為沒想到這麼巧，有點驚訝，對不起。」
為何面對笑容滿面的我聞，我就能說真話呢？
那天晚上，我們喝過頭，在車站愉快道別後，我便奔進廁所狂吐。
忘了是第幾次的約會，我聞突然想起似地說：
「之前有一部我想看卻沒看到的電影要重新上映，不曉得由紀有沒有興趣呢？」
「哪一部電影？」
我握著吊環，反問。
「一部叫《女生向前走》[4]的電影，想說妳學的是心理學，應該會有興趣吧？」

4　*Girl, Interrupted*，一九九九年上映的美國電影。

我曾在學校附近電影院看過這部電影的海報，記得是講述自殺未遂的少女重啟人生的故事。

「我有興趣。原來你也會看這種電影啊！」

他說因為自己有個住在紐約，交情很好的女攝影家朋友。我一邊回應，心想這個人肯定有很多朋友吧，而且不分男女。頓時有種落寞感。

當天，我們約在池袋的電影院門口碰頭。我一身白毛衣搭配千鳥格紋裙，外罩黑色大衣、靴子的打扮，倚牆等候時，有個高個子男人從雜沓人潮中衝向我。

「由紀，對不起。等很久吧！」

他一邊吐著白色氣息，一邊問。

我點點頭，一臉詫異，因為他今天難得沒戴眼鏡。

「眼鏡怎麼了嗎？」

「因為氣象報告說一早就會下雨，想說戴隱形眼鏡好了。只是有點不太習慣。」

我驚訝地瞧著他那比我想像中還要深邃的眼睛與鼻梁，不過溫柔眼神依舊沒變。望著在櫃臺買了兩張電影票的他的側臉，我突然問：

「你的瞳孔顏色比較淺嗎？」

接過找零的我聞露出害羞笑容，回道「也許吧」。

我們拿著爆米花和薑汁汽水，並肩坐在最後一排位子，不久電影開演。

這是一部女生會喜歡的電影。螢光幕上不斷上演敏感尖銳的青春期特有的緊張感與孤獨，描述傷痕累累的少女們之間的友情，歷經衝突、相互攻訐，逐漸長大的故事，但也有告別短暫人生的女孩。

雖然影像氛圍清淡美麗，女孩們的每一句吶喊卻是如此鮮明。看著那些滿是傷痕的少女肉體，彷彿瞧見前一陣子骨瘦如柴的我。

我開始不住顫抖，低著頭。察覺我不太對勁的我聞擔心地悄聲問我「還好嗎？」，我趕緊回了句「沒事」，起身離席。

我來到明亮的大廳，身後傳來的腳步聲讓我旋即回頭。

「對不起，害你看到一半也跑出來。」

我聞用他的大手觸摸我的額頭，我嚇了一跳，內心悸動不已。

只見他像是爸爸在幫孩子量體溫似地一直俯視著我，鬆手後，輕輕扶著我的背。

「我們先出去吧。找個地方休息一下，喝個東西也行。如果妳想回去的話，我就送妳回家。」

回途的電車上，我聞坐在我身旁。他那高頭大馬的身軀讓我倍感安心；雖然心情很沉重，但隨著電車的規律搖晃，我的心情也漸漸平復。

電車到站後，我們並肩走在還保留著昔日風貌的商店街。

走向被夕陽染成深紅色的住宅區，瞧見幾臺自動販賣機和毫無特色可言的公寓。

樓梯下方停著幾輛腳踏車，好幾個信箱露出廣告傳單。明明是一如往常的寂寥傍晚風景，今天卻有種不可思議的溫暖感。

就是這裡。我指著自己住的公寓。

「這裡啊！離商店街很近、很方便呢！」

「不過離車站有點遠就是了。房租很便宜，房間也重新裝潢過。因為房東是地主，所以不缺錢的樣子。」

「是喔。好想進去看看喔！」

我聞這麼說，隨即回神似地笑著說「對不起，說了奇怪的話」。

我趕緊想想，確認房裡是否髒亂得不堪見人。

「如果不嫌棄的話，要不要上去喝個茶？」

我提議。

他詫異地反問：「方便嗎？」

我回道「當然沒問題」，登上樓梯。我聞驚慌地喊了聲「由紀」。

我停下腳步，他說：

「等一下。我當然沒有別的意思，但要上去妳家之前，我想先說清楚。」

「喔，好。」

我茫然回應。

「從最初遇見妳的那一刻，就覺得妳是個很棒的女孩，所以請和我交往。」

我的視線有些模糊，彷彿身處夢中。有點不知所措的我只能笨拙地頷首。

「太好了。我還以為會被拒絕。」

我聞吐了一口氣，咧嘴大笑。內心湧現了各種情感的我垂著眼，牽著他的手，一起上樓。

人高馬大的我聞坐在房間正中央，好有存在感，讓我有點緊張。為了掩飾緊張，我打開冰箱，說：

「要是肚子餓的話，我來做點什麼吧。」

「真的嗎？好高興喔。可是妳的身體還好嗎？」

「還好，不過只能做做簡單的料理就是了。」

我一邊說，一邊將冷凍豬五花、高麗菜、紅蘿蔔以及一團烏龍麵放到流理臺上，然後將可樂和杯子遞給他。

我用平底鍋做了炒烏龍麵，因為食材不多，所以我撒了大量柴魚片，盛在大盤子上。

倒也不是第一次作菜給別人吃，只見我聞食指大動似地動筷，說道：

「這道炒烏龍麵，味道真好，好好吃喔！只加醬油炒嗎？」

我搖搖頭說「是用沾麵醬」。

我聞將盤中飧一掃而光後，邊咬著沙拉口味的百力滋餅乾棒，邊喝可樂。

我默默凝視一副完全放鬆狀的我聞。

「怎麼了？」

托腮的他一臉不解地問。

「房間裡坐著個男人，總覺得有點不太習慣。」

我回道，悄悄湊近他。

當我貼近他時，他笑著問「嗯？」，我不由得抬眼往上瞧。

「妳身體還是很不舒服吧？我喝完這個就回去，妳好好睡一覺。」

他說。我突然覺得不安，有種又要被拋棄，被昏暗波浪吞噬的感覺。

「別走。」

面對我的突然挽留，我聞吃驚地「嗯」了一聲。

「可是不會打擾妳嗎？」

我聞默默凝視猛搖頭的我。

「由紀。」

什麼？我問。

「我想，妳應該明白自己今天之所以不太舒服的原因吧。」

瞬間，我的手臂起雞皮疙瘩。他口氣慎重地對反問「為什麼」的我，這麼說：

「其實我弟也是那種該說是有點纖細，還是複雜的個性，總覺得你們很像。對不起，說了奇怪的話。」

不待我聞說完，我便緊抱住他。他默默地撫著我的背。

我聞。我輕喚。

「我第一次和真心喜歡的男人牽手。」

感覺我聞有點不知所措地笑了。我向他道歉「對不起，突然說了奇怪的話」。我像要逃脫似地鬆手，卻被他緊緊摟住；毫不遲疑抬起頭的我接受他那不似沉穩個性，充滿熱情的吻。我微張著脣回應。

當兩人四目相交時。

「抱我。」

我求他。

「由紀，這樣的進展太快了。況且妳身體不舒服。」

拜託！我求了好幾次。我聞沉默半晌後，凝視著我。

「那麼，我只問妳一件事。」

他說。

「什麼？」

「我不是只想和妳玩玩，而是想認真交往，這樣也行嗎？」

我不禁笑出來。「什麼嘛！原來是因為這樣才拒絕啊！」笑著回應。

「對不起，因為我在國外時，曾遇過將這種事分得很清楚的女孩子。」

他苦笑地說。我總算有一種遇見真命天子，墜入情網的感覺。突然覺得我聞是個成熟大人，即使內心深處一直將他視為迦葉的兄長，但此時此刻他在我眼中是個男人。

我聞起身。

「我去便利商店一下。」

這麼告知後，抓起放在桌上的皮夾，開門走出去。

傳來踩著樓梯下樓的聲響。想想，不管是成人禮那天一起去賓館過夜的男同學還是迦葉都沒想到要避孕，還有那些連臉都想不起來的前男友們也是。

我聞不一會兒便回來。他一邊脫鞋子，一邊搖了搖手上的塑膠袋。

原本擔心氣氛會很尷尬，但被他溫柔擁抱時，整個人頓時完全放鬆下來，他伸出右手關燈。
有生以來初次感受到這種感覺。
那種被呵護、被愛的安心感包裹全身，舒服得就快睡著似的，如此輕鬆愉快，無論被觸摸哪裡，只有滿滿的幸福感。
全身赤裸的我聞默默抱著意識有些模糊的我。閉上雙眼，切實感受到深沉的侵入，一點也不痛苦，可以打從心底信賴。
完事後有好一會兒，耳邊只響著他的喘息聲。
我緊抱著他，仰望天花板時，突然回到現實。
我們隨口交談幾句後，我聞不好意思地說想沖澡，走進浴室，我趕緊鑽進棉被。渾身不住顫抖，淚流不止，想著要是他知道一切的話，一定會討厭我、棄我而去。
直到我聞用浴巾裹著濡溼的身軀回來前，我的淚水總算止住。
我被緊抱著，臉頰靠著他那厚實胸膛，淚水又不聽使喚地溢出。
「還是很不舒服嗎？」
我勉強回應「沒事」。
我們互道晚安後，一閉上眼，他的體溫讓我的胸口沁滿安心與罪惡感，似乎連骨頭都快四分五裂了。

我們交往兩個月後的某個深秋夜晚，我聞一如往常來我住的地方。

「我要拿我穿過的羽絨衣給迦葉，所以會去你們學校喔！」

我立刻警戒地回道「是喔」。

我是這麼想啦！我聞看著我，這麼說。

「也是時候向迦葉介紹妳了。想讓他嚇一跳囉。因為那傢伙總是擺出一副事不關己的酷樣。」

我無法推辭。

忍耐著想哭的衝動，笑著對他說「很期待」。

我聞來學校的那天午休，走進學校餐廳的我急著找尋迦葉的身影。

瞥見他托腮坐在靠窗的位子，空盤上留著一道道咖哩痕跡，第一次發現他沒有吃乾淨的習慣。

我隔著桌子，站在他的正對面，「是妳喔！」他若無其事地說。

「好久不見，現在才吃午餐嗎？」

「是啊！下午的課停了。」

我回道。

「是喔。對了，我哥等一下會來哦！他要拿羽絨衣給我。如果方便的話，再一起去喝一杯吧。」
連正眼都沒瞧我的迦葉突然一臉狐疑地瞅著我。
「迦葉，我在想。」
我立刻語帶慎重地告知。
「可以當作我們什麼都沒發生過嗎？無論是春天時候認識、一起玩到深夜才回家、還有聊過的任何事，一切的一切，拜託了。」
僅僅一瞬間，他顯露敵意，大概是因為我身段放得極低的緣故，猶如抱著重物般，額頭低到都快碰到地面。
無論是詭譎不安的氛圍，還是來來往往的學生都離我們好遠，此刻只有沉默支配著一切。
我抬起頭。
「是喔。如果妳想這樣，那就這樣吧！反正我們本來就沒交往。」
迦葉有些尷尬似地邊用指尖撥弄湯匙，回道。
我平靜接受這番要是以前聽到，心裡肯定很受傷的話，由衷向他說聲：
「謝謝。」

迦葉馬上露出百無聊賴的表情，說道：

「妳想說的就是這樣？我哥快過來了。」

他的視線越過我的肩膀，看向另一頭，我也回頭。

走進學校餐廳的我聞朝我們這裡輕輕地舉起一隻手，迦葉難得發出「唷」的開朗聲音回應。

朝我們走來的我聞不是看向迦葉，而是看著我，問道：

「已經說了嗎？還是還沒呢？」

我搖搖頭。

迦葉的表情失了從容，那對大小眼也越發失了光彩。我聞將大紙袋放在桌上。

「這是答應要給你的羽絨衣，還有，這位是我的女友由紀小姐。因為你們同校，想說讓你驚訝一下，所以沒告訴你。怎麼樣？嚇到了吧？」

面對像小孩子在開玩笑的我聞，迦葉勉強擠出笑容，「嚇到了」重複我聞說的話，隨即看向我。

我到現在還忘不了迦葉那時的眼神。那時的他想起一直對別人開玩笑說我們是兄妹一事嗎？

即便如此，我知道迦葉不會吐露一切。因為望著滿天星斗，愉快聊著我聞的他應該不會傷害自己最喜歡的人。
於是，我們再次永遠失去溝通機會，直到環菜的事件發生。

二十八日這天，忙了一整天的我或許是因為總算放鬆的緣故吧，竟然發燒了。

一覺醒來時已經過了中午，渾身是汗，喉嚨乾涸。

我走到客廳，正在用電腦工作的我聞抬頭對我說「早啊」。

「如何？還好嗎？」

「雖然燒還沒退，不過感覺好多了。正親呢？」

「他去朋友家玩。想吃什麼？我做給妳吃，先坐一下。」

他起身，從冰箱拿出烏龍麵和雞肉等食材。

我坐著等待，不一會兒有個小土鍋端到我面前。一掀蓋，加了顆蛋的烏龍麵冒出蒸騰熱氣。

「哇，謝謝囉！」

我啞著聲音道謝，拿起筷子。甜甜的麵汁刺激食慾，吃了半鍋。

對了。我問正在啜飲咖啡的我聞。

「還記得我同事里紗嗎？上次你來找我時見過她。」

「哦！那個感覺很開朗的女孩。」

「是啊。她要結婚了。所以啊，她想拜託你擔任婚禮攝影師。她問過專業婚禮攝影師的價碼都不便宜，拍攝出來的作品也不怎麼樣。預定五月舉行婚禮的樣子，你覺得呢？」

「可以啊！工作排程應該多少可以調整。」

他回道。我凝視著黑框眼鏡底下那雙溫柔的眼。

我聞拿著咖啡杯的手倏地停住。

「怎麼了？」溫柔地問我。

「想說到了五月，一切都結束了吧。」

「是說那件案子嗎？」

嗯。我輕輕頷首。

桌上的土鍋裡還有沒吃完的烏龍麵，有如漣漪般搖晃的陽光遍灑客廳地板，一切是如此閑靜，閑靜到搞不清楚自己是否活在現實中。

「好久沒這麼投入了。總覺得不太好。想起自己剛成為臨床心理師時，時常被患者影響，連情緒也跟著一團亂。」

我聞沉默片刻後，說了一句「不」予以反駁。

「即便如此，由紀還是一直掛念著對方，這種事並非第一次吧？」

是嗎？我悄聲回道。

因為還是覺得不舒服，所以回房休息。

傍晚醒來，身旁傳來鼻息聲。一瞧，我聞抱著枕頭熟睡著。

這樣會被傳染感冒耶！我無奈地嘀咕，凝視他那安穩睡臉，隨即又鑽進被窩。

新年假期結束後，又回歸日常生活。

超市門口的門松已撤除，一早車站便擠滿通勤人潮。

結束一天的工作，一家三口聚在家裡大啖火鍋時，電話響起。

我說了聲「吃飽了」，先行離席接電話。

「喂，是，辻先生，怎麼了嗎？」

被我這麼一問，辻先生語帶歉意地說「這麼晚打電話給您，不好意思」。

「是這樣的，我收到南羽先生寄來的郵件……方便的話，現在可以過去找您商談嗎？就約在離您府上最近的車站碰面，如何？」

約莫一個鐘頭後，收拾好餐桌的我穿上羽絨衣，騎著腳踏車沿著昏暗街道疾行。

我喘著氣，望著十字路口對面燈火通明的連鎖家庭餐廳。

走進店裡，朝坐在最裡面一桌的辻先生打招呼：

「久等了。」

落坐他對面的位子。辻先生難得一身深藍色西裝打扮。

「剛下班嗎？」

「嗯，是的。這麼晚還來打擾，不好意思。其實用郵件聯絡也行，但因為我明早要出差，想說盡量早點和您商談。」

辻先生邊說邊打開公事包，從透明文件匣取出幾張列印出來的紙。

「我想南羽先生也苦思良久吧。」

紙上寫著這樣的內容。

辻憲太先生鈞啟：

感謝您前幾天大老遠跑一趟。

雖然我早已打算成為富山人，但許久沒感受到東京風情，兩位的來訪著實勾起我的思鄉之情。

我一直在思考聖山老師遇害一事，以我那未完成的素描作為證據是很危險的事情，不是嗎？

遭到世人無謂的誤解而受傷的不只是聖山老師的名聲，還有與這件事有關的所有人，當然還有他的女兒，不是嗎？這是我的看法。

參加素描課時，大家之所以平常心看待老師的女兒和裸男一起當素描模特兒，是有理由的。

有一位叫五十嵐的藝大生，長得高頭大馬，總愛說些沒品的玩笑話，是個很白目的人；不過聖山老師十分讚賞他的實力，所以印象中大家都不敢惹他。

記得是第二堂素描課結束時的事。

想借個洗手間的我步出走廊，瞧見五十嵐和聖山老師的女兒大聲談笑。

我走出洗手間時，沒看到老師的女兒，只瞧見在滑手機的五十嵐。

他還向我炫耀：「我要到她的行動電話了。」

我嚇一跳，記得他好像還補了一句：「最近就連國中生都有手機呢！」

然後我問他：「五十嵐，你該不會要追她吧？」

他開玩笑似地回了句：「拜託，我又不是蘿莉控。」

但五十嵐說這句話時，看起來很興奮的樣子。

「可愛又性感的國中生可遇不可求耶！我一直進攻，總算上鉤的樣子哩！」

老實說，我很不以為然，也有不好的預感。

所以忍不住提醒他：「你別想歪啦！」
卻遭五十嵐反駁，說什麼「是她自己說的啊！」、「她說和前男友上過床」之類的。
我記得的就是這樣。
我們在聖山老師家吃飯時，五十嵐一直坐在老師女兒的旁邊，兩人聊得很愉快。
我並沒有完全相信五十嵐說的話，後來想了想，可能是那女孩比較早熟、像個小大人，所以才沒排斥當素描模特兒吧。
和辻先生、真壁醫師聊完素描課一事後，我突然想起這件事。
想說還是寫封郵件，正確告知當時的情形比較妥當。
要是我寫了什麼無謂的事，還請包涵。
兩位送的伴手禮，真的很美味。
歡迎有空再來富山一遊。

南羽澄人

直到我看完這封郵件，辻先生始終沉默，沒喝過一口咖啡。
我一抬臉，只見他一臉困惑地道出真心話：
「看了這封郵件，實在不曉得該如何判斷之前的採訪內容，想聽聽真壁醫師的意見，所以急著聯絡您。」

「看來素描課的學習環境很差啊！」

我說。辻先生鬆了口氣似地點頭說「就是啊」。

「看來，參加素描課的藝大生的確對環菜小姐有所企圖。」

「對了，記得聖山小姐的朋友也說過同樣的事。」

「嗯，還有……」

我的視線落在紙上，喃喃自語著「前男友」這幾個字。從沒聽環菜提過這件事。

雖然她說從未因為喜歡對方而交往，但總覺得這句話頗令人在意。

我不相信任何人……只有那時。

清楚記得她說過這句話；雖然前男友不見得是「那時」那個人，但就年齡來推敲，極有可能是初戀對象。

因為店裡大多是獨自在使用電腦的客人，所以十分安靜。辻先生不敢發出聲音地啜飲咖啡。

「已經沒什麼時間了，我來直接問環菜小姐好了。」

我說。「麻煩您了。」辻先生點頭致謝後，喃喃道：

「如果剛才說的那件事是真的話……我倒有個想法。」

什麼想法？我問。

「南羽先生對於環菜小姐和裸男一起擔任素描模特兒一事，並沒有什麼淫穢想法，但其他學生又是如何看待呢……參加素描課的學生當中，有多少人覺得沒什麼，又有多少人有邪念？這種事實在很難想像啊！還有，當時環菜小姐又是抱著什麼樣的心情處在那種環境中呢。」

「我們現在也無法搭乘時光機，回到那時候參加素描課囉！不過，倒是確實看到了一項線索。」

「什麼線索？」

辻先生好奇地問。

「環菜小姐自殘的傷痕，只是還不清楚原因為何；不過想到那時的情形，我認為素描課帶來的壓力也是造成她不斷自殘的原因之一。」

我在腦中將各種片段事由整理出一條脈絡。思索、整理、歸納，剩下的謎題與問題又是什麼呢？

環菜從小學開始擔任素描課的模特兒。

然後小學畢業時，她趁母親去夏威夷旅行，第一次自殘。

環菜就讀國中時，告訴向她搭訕的五十嵐，自己和前男友有性行為。

不確定環菜與五十嵐要好到什麼程度，但根據香子所言，環菜討厭五十嵐，所以實在不覺得他們之間有什麼信賴可言。

後來，環菜越來越不想擔任模特兒，聖山先生叫她不用當了。

歷經青春期，感情生活始終不太穩定的她就這樣上了大學，立志成為女主播。從全國才色兼備的女大生中脫穎而出，晉級第二次面試，本人也覺得自己的勝算頗大。

這麼一分析，果然殺父動機始終是個謎。若是因為青春期壓力過大，還說得過去，但為何事到如今才這麼做呢？

而且就算父親再怎麼反對她報考女主播，也沒有強行要求她不准去，案發當天環菜還是現身考場。

然而，她卻放棄面試，買了菜刀，前往自己根本不熟悉，也就是父親工作的地方。再者，本人無法清楚說明犯案的動機，彷彿突然變了個人似的——思索至此，我不禁愕然。

「辻先生，不好意思，我打個電話。」

我用手機尋找號碼。一邊確認現在是晚上九點零五分，一邊打電話給對方，心想這時間應該還好吧。

迦葉立刻接聽。從電話那頭的喧鬧聲聽來，應該是在哪家店吧。

「怎麼了？我正在和好久沒一起喝幾杯的北野律師小酌哩。」

「迦葉，有件事想向你確認。」

我說。辻先生好奇地窺看我。

「環菜小姐承認她蓄意殺人嗎？」

「是啊。她承認。她說為了避人耳目，所以把父親叫到女廁，刺殺他。」

迦葉回道。

「真的是環菜小姐將她父親騙到女廁嗎？聖山先生會輕易聽從嗎？」

「這一點的確很奇怪，不過檢方的調查報告確實這麼寫，案發後我也直接問過環菜這件事。」

這時，迦葉像想到什麼似地問：

「由紀，妳現在在外面嗎？」

「嗯。正在和辻先生談事情，怎麼了？」

迦葉默想片刻後，說道：

「要不要過來找我？感覺妳好像有很重要的事要說。」

「在哪？」

「新宿三丁目。」

我算了一下過去那裡的時間，現在立刻騎車去車站換搭電車，談個一小時，還來得及搭末班車回來。我看了一眼坐在對面的辻先生。

「好，我現在過去，傳郵件告訴我店名。」

沒問題。迦葉乾脆回道。

我一口氣喝光杯子裡的紅茶，向辻先生說明。只見他一臉遺憾地說「要不是明天得出差，真想一起去」。

「謝謝你給我看南羽先生的郵件，看來可以成為重要的線索。」

「那就太好了。我也是，還要請您多幫忙。」

辻先生向我行禮致謝。

夜晚開往市中心的地鐵車廂空蕩蕩的，倒讓人有種異樣的快活感。我選了一個兩旁都沒人的空位坐下來，發封郵件給我聞。

「瞭解，那我們先睡了。幫我向迦葉問好。」

收到這樣的回覆。我嘆了口氣，抬起頭。對面坐著一手拿鏡子，忙著補妝的年輕女人，斜對面則是坐了個睡著的上班族，連我也忍不住睡魔襲身，就這樣略帶睡意地坐到新宿三丁目。

我步上樓梯，夜晚街道的喧囂令我有點眩暈。我穿著平底鞋步出地鐵時，這才察覺自己一副在住家附近出門購物的模樣。

我打開店門，掀開門簾一瞧，這是一間傳統居酒屋。坐在最裡面位子的迦葉探出頭，朝我舉起一隻手。

我脫掉鞋子，登上座席。迦葉一臉詫異地瞅著我。

我也回看他，嚇了一跳。

「好久沒看妳留長髮了。自從大學那時以來吧。」

「也許吧。北野律師，好久不見。」

我向領帶鬆了、手拿酒瓶的北野律師打招呼，他笑著說「很高興見到妳」。

我再次看向迦葉。

「迦葉，你的臉是怎麼回事？」

隻手托腮的迦葉苦笑。他的左眼下方有一塊明顯瘀青。

「怎麼說呢？感情糾葛？」

「該不會是被那女孩打吧？」

我的腦子裡突然浮現小山由加利的臉。不是啦！迦葉立即否認。

「我和由加利很平靜地分手了。給嫂子添麻煩了。」

果然。我在心裡嘆氣。看來提議分手的不是迦葉，而是由加利吧。若是迦葉主動提分手，傷心的她應該會打電話給我吧。

「她說她很愛我，卻沒有勇氣和我在一起。反正已經有個那麼愛她的男人，所以和他在一起比較幸福囉。況且我也無法給她什麼承諾。」

迦葉這番說詞不知是出於真心，還是不甘心。

「所以你說的感情糾葛，是和別的女孩？」

「不是我，是環菜的關係啦！我沒想到她又和賀川聯絡。」

「咦？」

「因為環菜寫信給他，所以堅信只有自己最瞭解她的賀川認為我利用公設辯護人立場，支配環菜的想法，所以跑到事務所堵我，不分青紅皂白地說了一堆，結果就變成這樣啦！真是的！從明天開始的洽商要怎麼辦啊？我能用這張臉，請別人信任我嗎？」

「還真是無妄之災。」

我雖然如此回應，心裡卻想著要是北野律師的話，會遭遇這樣的事嗎？

「不過，換到這個戰利品。」

迦葉從公事包拿出一封看起來很眼熟的信，用細細的秀麗字體寫著收件人名字，和我收到來自看守所的信上筆跡一樣。

「那是環菜小姐寄給賀川的信嗎？難不成你要用這來要脅？」

「我怎麼可能做這種事啊！還不是他說什麼畢竟不可能無緣無故毆打律師，不如大事化小，小事化無，和平解決吧。還說自己也不是習慣動粗的人，事後也很後悔，低聲下氣地拜託我幫忙。」

「原來如此。」

我說，抽出信封裡的信。

小洋：

好久不見，你好嗎？

每次天氣一冷，小洋就很容易生病，所以我很擔心。

我看過你的信了。也明白雜誌報導曲解你的意思；但我想，這也是沒辦法的事，畢竟我是真的傷害了你。

即便如此，小洋還是願意向我解釋清楚，真的很開心。

我想到每次被人誤會，試圖反駁就被說是找藉口，就覺得很害怕，所以只能選擇默默承受。

所以我第一次明白，向對方解釋清楚的心意與心情，對於對方來說也是很開心的事。

其實，小洋對我也有一個大誤會。

雖說事到如今，再怎麼解釋也沒用了。

可是當我收到你的信，我覺得應該說出來，也是出於真心誠意。

所以鼓起勇氣，寫了這封信。

你聽庵野律師說，我說你強迫我發生關係，這是一大誤會。

因為那篇雜誌報導出來時，庵野律師只告訴我接受採訪的是「曾經交往過的大學學長」，所以我那時肯定是搞錯人了。

才會說：「雖說曾經交往，其實一開始是被迫的。」

因為我沒想到接受雜誌採訪的人是小洋。

你應該知道我說的是誰吧。

就是去年秋天，小洋很氣我腳踏兩條船，和那個館林學長有曖昧關係。

那時我打擊很大，無法說出實情，也覺得在館林學長家喝到不醒人事的自己很糟糕，所以沒有辯解。

不管怎麼說，我不想讓任何人知道那般慘事。

這就是我想解開的誤會。

不是藉由庵野律師之口，而是自己解釋清楚。

雖然庵野律師是個好律師，但老實說，我有時覺得這個人很恐怖，因為他會誘使我說出並非出於本意的話。

可是公設辯護人是無法更換的，況且要是因為我這麼說，惹惱他的話，恐怕會對判決不利，所以不能說。

這件事就當作是我們之間的祕密。

謝謝你看完這封信。

保重身體喔。工作應酬時別喝太多唷。

希望哪天能近距離相見囉。

聖山環菜

迦葉將銀杏殼放在盤子後，問：

「妳覺得該如何解釋比較好？」

「你告訴環菜小姐這封信的事了嗎？」

「說啦！我好好地、很平靜、溫柔地告訴她，要是有什麼不滿的話，我會盡我所能處理，所以希望妳對我坦白。」

「然後呢？她怎麼說？」

迦葉別過臉，嘀咕著「算了，不想說了」。似乎有什麼不願啟齒的事。

「嗯……乍看之下挺有理的。我問她和賀川交往一事時，她也是說得很含糊；不過，感覺她之所以寫這封信，無非是想得到賀川的諒解。」

此外，她說被強迫發生關係一事也讓我很在意。雖然她說不想讓別人知道，但我總覺得環菜想強調她是被強迫的。

無論是和賀川洋一，還是和名叫館林的學長，環菜和他們交往時，幾乎都不是出於本意與他們發生親密關係的樣子。

問題是，搞錯「不想讓別人知道的對象」的名字，之後也沒向律師澄清，怎麼想都很奇怪，不是嗎？

「由紀，妳要不要試著問問她，關於那位學長的事？」

「這個嘛……應該不用吧。因為我更想找到某個人。」

只見兩人同時看向我，於是我向他們說明從藝術學校到今天為止發生的事。

「素描課的上課情況是這樣嗎？那根本是一種變相虐待嘛！」

北野律師蹙眉地說。我頷首，贊同他的看法。

「由紀，所以極有可能從那位前男友口中，清楚得知當時環菜的情況囉？」

「嗯，我是這麼想。」

迦葉伸手搗著嘴角，問我：「那妳打算怎麼做？」

「想辦法找囉！當面問問他。不過，我打算先告知環菜小姐，再這麼做。所以希望迦葉別向她提起這件事。畢竟要是讓她知道我們互通消息，肯定不太高興吧。雖然我不清楚為什麼會這樣，但總覺得她現在對你有所戒心。」

迦葉指著眼睛下方，說了句「知道了」。

「不過，要是能儘早給我消息，我會很開心的。畢竟真的沒什麼時間了。況且實在沒想到要調查的事情如此曲折。」

我回道「沒問題」。

然後，「對了，關於環菜小姐的殺人動機。」

兩人聽到我迸出這句話時，同時停筷。

「如果環菜小姐現在翻供，否認自己蓄意殺人會如何呢？」

如果是這樣的話……。迦葉說。

「要是現在翻供，否認自己蓄意殺人的話，可是對自己非常不利啊！」

「北野律師也這麼認為嗎？」

我看向北野律師，臉微微泛紅的他點頭附和。

「要是完全推翻最初的供述，反而可能加重刑期。不過要是被告堅持這麼主張的話，可以朝並非蓄意殺人的方向奮戰囉！」

但形勢會變得很不利，是吧？我又問了一次。

「我們不是在比賽，而是盡最大努力讓法庭做出有利於被告的判決。不過，我想我們最重要的工作就是找出真相，居中調解被告、受害者與遺屬之間的糾葛，盡量引導出一個能說服眾人的事實。」

「我倒想問問由紀，為何在這時提出翻供一事？是有什麼根據嗎？」

迦葉插嘴。

「與其說是根據，應該說總覺得哪裡不對勁吧。況且迦葉自己也說應該有什麼隱情，不是嗎？」

「我指的是動機，並非是否蓄意殺人一事哦！要是現在推翻供詞，檢方肯定很不爽吧。到時受傷最深的可是環菜喔！」

「就是因為明白這一點，才來找你們商量啊！」

你們的意見我都明白。一旁的北野律師趕緊打圓場。這才察覺不知不覺間，我和迦葉竟然不避諱旁人目光地鬥起嘴來。

「讓您見笑了。不好意思。」

我致歉。迦葉也舉起一隻手，說了句「失禮了」。

我緩緩做了個深呼吸後，告知明天會趁工作空檔探訪環菜。

「我還是覺得環菜小姐並未全盤吐實。當然，絕對是以她的幸福為優先考量，所以相信我，絕對不會問她寫作需要資料以外的事，也會有所拿捏，以不影響判決為原則。」

我這麼表明後，站了起來。迦葉只是默默點了一次頭，看來我還是沒能取信於他。

我走進會客室，心想還會再來幾次呢？突然深刻感受到或許能和環菜見面的時間所剩不多了。

一如既往，我主動向那副嬌小身軀提問。

「妳和迦葉之間發生了什麼事嗎？」

環菜緩緩抬頭。

「我說了很失禮的話，對不起。」

「不需要向我道歉。到底發生什麼事？」

她頻頻將頭髮撩至耳後，低喃道「我果然對男人很棘手」。

「每次談話時，都不曉得自己該不該相信，覺得很害怕。」

無法相信什麼事呢？我問低著頭的環菜。

她再次看向我，粉紅色兩件式上衣讓她看起來格外惹人憐愛，是誰送她的呢？我疑惑。是香子？迦葉？還是……

「幼稚男。」

我一時反應不過來她在說什麼。

「庵野律師就是，沒錯吧？」

環菜面不改色地說。

「這麼說別人不好吧。」

「為什麼？只有女人被說幼稚，不是很不公平嗎？明明也有很多男人很病態。」

「迦葉是哪裡讓妳這麼覺得呢？」

我詢問的同時，總算理解迦葉為何不高興地噘嘴。要是以前的他早就氣得不想理她了。深切感受到我們年歲漸長的事實。

「袖扣。」

環菜這句話讓我回神。

「他每次戴的袖扣都不一樣，品味還真是多樣化啊！只有一次，我看到他戴著應該是男人挑選的黑色石質袖扣，結果一問，原來是他通過司法考試時，犒賞自己的禮物。也就是說，其他那些經典款啦、可愛風袖扣都是女人送他的禮物，而且不只一個女人。像他這種花花公子，根本不會喜歡上任何人，只是想收集自己被愛的證據罷了。還真像那種缺乏愛情滋潤，心裡有病的人會做的事。」

環菜露出像是被傷得很重的眼神。是厭惡這種親密關係嗎?還是出於嫉妒?搞不好錯覺自己也是迦葉的花心對象之一吧。

於是,既失望又憤怒的環菜寫信給賀川洋一。

為了確認自己對他來說,還是特別的存在。

「曾有人說過妳心裡生病了嗎?」

「沒有,但我覺得自己有病。」

環菜冷冷回道,百無聊賴似地看著自己的手指甲。

「我不清楚袖扣的事,但至少我知道迦葉是真心想救妳,也很努力幫助妳,所以我覺得妳犯不著對他有所疑慮。」

「可是庵野律師說我和真壁醫師是同一類型的人,不管他是開玩笑,還是真的這麼覺得,妳真的認為我該相信會說這種話的人嗎?」

我目不轉睛地看著環菜。

她怯怯地不發一語。

我深吸一口氣。同類型的人,還真像迦葉會用的詞,要是起了反作用,可是會傷了環菜;但要是她聽得進去,可就戳中自己的弱點。問題是,迦葉為何要在採訪時這麼說?我一時半刻實在想不透。還有,環菜為何突然對我和迦葉不太友善呢?

我想起什麼似地問。

「莫非令堂有和妳聯絡？」

感覺環菜變得有點警戒。

「嗯，只是寄了封信給我。」

「不是來看妳嗎？」

「不是，我媽因為我的緣故，還在靜養中。」

「也許妳母親是因為這起案子而身體不適，但之所以會發生這般憾事，問題在於家庭關係……是吧？」

環菜立刻搖頭否認。

「不是。全是因為我太懦弱、脾氣古怪、又愛說謊的緣故。我進到這裡後一直在想，總算能漸漸客觀分析這件事了。要是把一切都怪罪爸媽的話，我就太卑鄙了。只是不斷在原地打轉，永遠無法成長。所以我想慢慢面對自己犯的錯，以成熟態度負起一切責任。」

即便環菜說的理直氣壯，但總覺得她試圖掩飾自己的真心本意。雖然只是我的推測，母親寫給她的那封信裡八成有說我和迦葉的壞話吧。

深感疲憊的我在心裡不斷低語：好歹我也是專業人士，絕對不會讓妳一直愛說什麼，就說什麼。

「環菜小姐。」

我像要打斷她的思路似地轉換話題。

「我有幾個問題想請教妳。關於妳手腕上的傷，妳曾經告訴過母親，自己有自殘的習慣嗎？」

環菜臉色驟變。

「沒有。」

斷然否定。

「為什麼？」

「什麼為什麼啊？我不懂妳在說什麼。」

「那我換個問題。妳好像曾將前男友的事告訴參加素描課，一位叫五十嵐的人；那位前男友是誰？妳還記得他的名字嗎？」

她果然很驚訝的樣子。我瞄了一眼手錶，還剩七分鐘。

「那是我十二歲時交往的人。」

「妳很早熟呢！對方是同班同學嗎？」

「不是，是大學生。因為我在路上受傷……他救了我。」

「路上？」

我口氣和緩地問。環菜的表情柔和許多。

「是的，他救了我。我去過好幾次他住的地方，我們在一起很開心。我說我很喜歡吃甜甜圈，結果他買了六種口味給我；而且他怕我晚回家，路上危險，一定會送我去車站搭車。我從沒遇過對我那麼溫柔的人，那是我最美好的愛情回憶。」

「你們交往多久？」

環菜的表情變得有點陰鬱。我一邊觀察她的樣子，一邊等她回答。

「三個月左右。因為那時我未成年，總是有所顧慮，這也是沒辦法的事。畢竟再交往下去，裕二可能會被法辦。」

裕二……。我在心裡複誦。

「可以多說一點妳和他的事嗎？」

環菜含糊地說「我再寫信給妳」。

「拜託，讓我再問最後一個問題。」

「今天已經問很多了。」

她悄聲喃喃。我用力點頭，說了聲「嗯」之後，開門見山地問。

「環菜小姐，妳當真想殺了令尊嗎？」

沉默了好幾秒、好幾十秒，這是叫我離開的暗號。

我一直觀察在獄警催促下，起身離席的環菜。

素描本裡的少女和現實中的她再次重疊，那是想逃離現實的眼瞳。

我確信，這孩子尚未吐實。

想說這次恐怕要等上好幾天才會收到環菜寄來的信，沒想到三天後的傍晚就寄到診所來了。

真壁由紀醫師：

前幾天，我話說到一半就沉默不語，很抱歉。

我寫這封信是要說明我和裕二的事。他是我的初戀對象，也是我的第一個男朋友。

十二歲那年的春假，家母去夏威夷，家裡只剩我和父親。

記得父親去參加朋友辦的家庭聚會，所以那天很晚才回來。

因為我家附近大樓曾發生女子遭不明人士侵襲的事件，所以社區公布欄提醒大家要小心門戶安全。

即便如此，我還是不能鎖門，只好一直等父親回來等到天亮，他卻遲遲沒回家。我想說鎖上門，稍微睡一下，將鬧鐘設定好一小時之後響，便上床睡覺。

待我醒來時，已經快中午了。環視家中，並沒看到父親。發現鬧鐘被按掉的我很害怕，就在這時，他回來了。

父親很憤怒，完全不聽我解釋，一直不停斥責我，還怒吼：「這裡明明是我家，居然把我關在外頭，什麼意思啊?!」還說既然沒遵守約定，就給我滾出去。

再也無法忍受的我抓起錢包，衝出家門。

就這樣搭電車前往爺爺奶奶家。他們家位於荒川附近工廠林立的郊區，是棟獨門獨戶的大宅。

無奈爺爺奶奶異口同聲地說：「因為那雄人是藝術家，所以個性有點古怪。況且妳把父親鎖在自家門外也是事實，還是趕快回去道歉。」

還叫我先幫忙清掃浴室、擦皮鞋。

我將藍色磁磚和黑色皮鞋清理得亮晶晶後，沒有留下來吃晚餐，便離開爺爺奶奶家。

我沿著颳著一陣陣風的荒川岸邊，漫無目的地走著。天空積著厚厚的雲層，竟然下起不該是這季節會下的雪，被寒氣凍到麻木的手腳是我還活著的唯一證明。

我不曉得要去哪裡，身上也沒有太多錢，只想就這樣和雪一起消失。

我本來想登上堤防，卻因為視線太差而摔倒，膝蓋擦傷。

看到膝蓋流血，不禁悲從中來的我坐在路旁角落哭泣。不知何時，面前站著一位手提急救箱的便利商店店員，頭髮又黑又濃密的他看起來很樸實，卻給人很溫柔的感覺。

他蹲下來，處理我的傷口。

就這樣愣愣地看著他幫我貼上ＯＫ繃。我想，大概那時就已經喜歡上他了。

只見他隻手提著急救箱，站起來，有點不太好意思地問：

「回不了家嗎？」

胸前名牌上印著「小泉」。

他就是裕二。

我點頭。

「再等個三十分鐘，可以嗎？」

我再次點頭。

裕二從制服的口袋掏出皮夾，遞給我一張千元鈔，叫我去附近的連鎖家庭餐廳等他。

那晚發生的事究竟是夢，還是現實，我到現在也搞不清楚。

我坐在狹小卻收拾得很乾淨的房間裡，喝著甜甜的可樂，翻看書架上成排的漫畫；一起玩線上遊戲，一起愉快大笑。因為只有一床被褥，所以我們睡在一起。他說想抱我，我回說如果要交往就可以。

雪停了，那是個寂靜無聲的夜晚。
我想起裕二的手掌好大。

寫了這封長信，有點累了。今天就寫到這裡。

聖山環菜

看完這封信的我立刻打開電腦，搜尋「小泉裕二」這名字。無奈同名同姓的男人實在太多了。只好先就環菜信上提到的荒川一帶為條件，縮小搜尋範圍，還是沒找到。

我用手指輕壓眉間。畢竟是將近十年前的事，早已搬家也是理所當然。要是他還住在東京都就好了。但若是和南羽先生一樣遷居其他縣市的話——真的找得到他嗎？就這樣越想，腦子越打結。

苦思良久後，決定聯絡迦葉。

「找人嗎？要不要先聯絡那家便利商店看看？不過也許他做沒多久便離職，很難找到也說不定。」

我邊瀏覽電腦螢幕上的畫面，邊說「麻煩你了」。

「要是他取個特別一點的名字就謝天謝地了。」

「就是啊！不過就算彼此再怎麼情投意合，竟然和年僅十二歲的女孩交往，怎麼樣都是觸法啊！他會答應碰面嗎？」

「也是啦！不過有件事倒是進行得很順利哦！那位曾參加素描課的藝大生，願意提供他的油畫作品當作證據。」

「咦？真的嗎?!」

我詫異地反問。

「我試著問問，結果他說請拿去吧！不然老是做惡夢。」

「什麼嘛！早知道一開始就請你出馬。」

我苦笑。「也是多虧由紀你們調查得如此仔細囉！」迦葉釋出善意，但就在我打算對於前幾天在居酒屋爭論一事道歉時，他卻說：

「雖說如此，畢竟是十年前的情人了。法官極有可能不認同他是證人，也不認同他提出的證據吧。」

是喔？我反問。

「是啊！我想可能會被認為與這案子無關。不過，若真的能從他那裡知道真相的話，還是有搜尋的價值。」

我道謝後掛斷電話。

我緩緩環視診間，這裡的陳設還是和初次造訪時一樣。生氣盎然的觀葉植物，加溼器噴出的水蒸氣，還有在水族箱裡不停擺動尾鰭的熱帶魚群。

我起身走到書櫃前，抽出一本書。那是我高中時，初次邂逅院長的著作。

也是在這本書，初次認識「survivor」（生還者、倖存者）這個詞。

不知為何，從少女時期便莫名覺得自己彷彿迷失在幽暗下水道裡的我，被這字眼深深吸引，直到後來才明白為何如此。

命名的意思就是承認存在，亦即存在一事被承認。

因為遇見院長的著作，發現自己存在一事被承認。

因此，這次我們必須幫環菜心中那團黑暗命名，追溯過往，查明原因，既不能推諉，也無法逃避，要想改變現況，必須一步步進行與整理；因為一味視而不見，佯裝前行的結果，只是一直被貼在背上的東西支配著。

為什麼呢？因為「現在」不僅是現在，也包括過往的一切。

我祈願能找到小泉裕二。一定有什麼是環菜唯一敞開心房的對象才知道的事。

不到一個禮拜，便接到迦葉打來的電話。

「找到小泉裕二了。」

「真的嗎?」

已經下班，正登上車站樓梯的我反問。

「是啊！我問了他工作過的那間便利商店，碰巧店裡有一位任職十五年夜班的資深兼職人員。他說小泉現在好像是和光市一家電玩店的店長，不過我還沒聯絡他就是了。如何?要交棒給妳嗎?」

我點點頭說道「交給我吧」。

「知道了。那就交給妳了。」

迦葉這麼說，隨即掛斷電話。我馬上聯絡辻先生。

隔天，話筒傳來辻先生有點無精打采的聲音。

「我馬上試著聯絡小泉先生，可是他說那已經是過去的事了。況且自己現在也有家庭，所以無法答應我們的採訪……雖然我再三拜託，但他相當堅持。」

我思忖片刻。

「瞭解。這樣好了，我將環菜小姐的信影印一份給你，麻煩你寄給小泉先生。他知道我們其實有相當程度的瞭解，或許就會答應匿名接受採訪。」

「原來如此，我明白了。」

掛斷電話後，發現自己處理事情的方法和迦葉很像。

小泉裕二看完信的反應果然如我所料。我們尊重當事人的要求，約定絕對不透露他的名字，敲定會面時間。

「我說我們去和光市一趟，但小泉先生說這樣不太好，畢竟他工作的地方人來人往，擔心遇見熟人，所以決定借用他當年租公寓附近的區民會館的會議室一小時左右。」

我向辻先生道謝。

我寫信告知環菜這件事，旋即收到她的回信。信上寫道：「請代為轉告裕二，希望他能來看我。」

會面當天一早便下雨，但是從車窗望見河川時，雨停了。從陰沉的雲層縫隙灑下微微陽光。

綠意圍繞的區民會館位於離車站有一小段距離的住宅區。

我們走進會館，在櫃臺辦妥租借手續，打開會議室的門，瞧見裡頭擺著一張大桌子和幾張折疊椅。

身後傳來開門聲，我回頭。

有個態度十分警戒的男子小聲說「我是小泉裕二」。

「您好。我是負責撰寫聖山環菜小姐這本書的臨床心理師真壁由紀。」

依舊站著的他小聲回禮「您好」。

用髮膠固定的頭髮有如墨水般漆黑，雙眼皮、圓臉，黑色皮衣搭配牛仔褲的裝扮感覺有點過時。比所謂的中等身材再壯一點，雖然稱不上是帥哥，卻也是年輕女孩看到會說可愛的長相。多少明白為何初見時，環菜便對他有好感。

「謝謝您答應我們唐突的請求，願意抽空見面，真的非常感謝。」

他依舊小聲回應「哪裡，不客氣」。

隨即面露怯色地問：

「不過，真的只是採訪嗎？不是要告我、威脅我吧？」

我慎重回道：

「環菜小姐沒有要提告的意思。要是您有什麼不想透露的事，不說也沒關係。」

既然如此，那我就趕快說一說吧！還是不太放心似的他急著結束這一切。

我停頓片刻後，說道：

「對了，您要是有什麼顧慮，可以先告訴我，好比這件事絕對不能寫出來之類。」

「要說不想寫出來的事……恐怕是全部吧。應該說，事到如今幹麼舊事重提。」

真是的，饒了我吧！他用小到幾乎聽不見的聲音，這麼喃喃自語。

「我已經結婚，有老婆了。就算不會被提告，也很有可能會被網軍肉搜、起底，不是嗎？」

「我也有考慮到這一點，所以不會具體提到任何場所和情形。我們也是看了環菜小姐的信，才知道小泉先生的存在。我想她父母應該也不太清楚你們交往的情形吧。也就是說，小泉先生並未出現在她的世界。」

「要是忘掉就好了。最好將我從記憶中抹消。」

看他的神情稍微變得比較輕鬆後，我問：

「你喜歡過環菜小姐嗎？」

問這種事……。他的聲音聽來有些顫抖。

「這叫我怎麼說呢？」

「你們交往過吧？」

可是……。一副焦慮樣的他欲言又止。

「光是年齡一事就免談，不是嗎？不管我們是不是男女朋友，自從接到你們的聯絡後，我就自己調查了一些事。」

辻先生窺看我。

「先不論法理部分，身為臨床心理師的我是為了瞭解環菜小姐的內心到底出了什麼狀況，而向您請教一些事。小泉先生遇到環菜小姐的那個下雪夜晚，究竟發生什麼事？我想，要是能瞭解這件事，或許多少能幫助環菜小姐重新振作。您請坐。」

「重新振作？環菜的情況很糟嗎？」

他突然這麼問。即便已經過了十年，還是這麼自然地稱呼對方，著實令人感慨。

小泉勉為其難地坐在我對面。辻先生將買來的茶飲倒進紙杯。

「她的精神狀況不太好。不過就她目前身處的情況來說，還算平靜吧。只是她的記憶有幾處缺落，我就是要來填補的。環菜小姐告訴我，小泉先生是她的初戀情人。」

只見小泉困惑似地說：

「她這麼說嗎？」

然後悄聲低語「好懷念啊」。

「你還記得和環菜小姐在一起時的事嗎？」

我盡量口氣溫柔地詢問。

「就算想忘，也忘不了啊！」

「可以說說你們從初次見面到分手的經過嗎？」

「畢竟是十年前的事，記憶多少有些模糊。我記得那天下雪。」

嗯。我微偏著頭，回應。

「要是那天沒下雪的話，或許就不會變成那樣吧……」

便利商店的門一開，客人走出去時，我瞥見有個女孩蹲在路邊。

那天晚上冷到連窩在店裡都覺得冷，我想說那女孩好像受傷了，便向另外一位工讀生交代一聲，穿上羽絨衣，拎著急救箱走出店外。

我試著出聲問她，冷不防嚇了一跳。

竟然是個長得跟偶像明星一樣可愛的女孩。

因為她的腳上血跡斑斑，所以我想都沒想，趕緊蹲下來幫她處理傷口。交談幾句後，感覺她是個有禮貌、很聰明，應該還在念國中的女孩。

她說被父親趕出來，所以沒辦法回家；因為她冷得直發抖，所以我先給她錢，叫她到附近的連鎖家庭餐廳避風雪，然後我就回店裡了。

我有點擔心她會想不開，趕緊清點收銀機裡的現金，和大夜班人員交接。

我們在餐廳吃了點東西，慢慢開始聊天後，她的氣色變得好多了。

我開玩笑地問她是不是有和經紀公司簽約之類的，她說沒有，但有在當素描模特兒。我想她應該心態夠成熟，也有判斷事情的能力才是，便問她打算怎麼辦？結果她希望我收留她。

畢竟不可能讓這麼可愛的女孩獨自在深夜街上閒晃，所以沒有想太多，只想幫忙的我便帶她回家。

我們一起玩線上遊戲、吃零食時，我得知她的實際年齡，著實嚇一跳。因為我喝了沙瓦，有點醉，沒辦法騎機車送她回家；再者也怕惹上什麼麻煩，想說還是由她自己主動聯絡家人比較好。

準備睡覺時，我才發現只有一床被褥。就算開暖氣，地板也很冷，但身為男人的我實在沒辦法丟下她不管。

於是我問她：「會不會介意一起睡？」她倒是爽快應允。

我們窩在棉被裡，起初還半開玩笑，但因為冷到連腳都很冰冷，所以我用腳夾住她的腳趾，鬧著玩似地抱住她，但越來越把持不住的我開始愛撫她的身軀。

那時，她看我的眼神真的很勾魂。

我們就這樣親密地摟摟抱抱，直到天明。

因為她始終沒有抗拒或是想逃離的感覺，所以我也越來越失去理智，控制不了性慾。

但我終究還是踩了煞車，告訴她已經天亮了，趕快回家。環菜卻突然說：

「反正我已經習慣了。」

我真的很驚訝，沒想到現在的孩子這麼早熟。

不過我們最後還是沒有發生關係，是真的。

只見環菜突然質問我，對她做的那些親密接觸到底是什麼意思？我實在不曉得該如何回答，只好反問她那要怎麼辦？
「我們交往就行啦！」
她說。滿懷罪惡感的我便答應了。
後來好幾個月，我住的地方成了她和父母吵架時的避風港。我們總是窩在家裡玩線上遊戲，還有……就那樣囉。
老實說，那時該說是停止思考呢？還是怕事情一旦鬧大就慘了，根本不敢想太多。
直到某天早上，我出門倒垃圾時，遇見房東，他一直問我常來找我的那個女孩子是我妹妹嗎？
我勉強搪塞過去，但心想再這樣下去不行，內心十分焦慮。
於是，環菜來找我時，我提出分手。
怎麼樣都不肯的她一直哭，甚至還說：
「要是和裕二分手，我這輩子就沒辦法再相信任何人了。」
一輩子這說法太誇張了，能取代我的人多的是，況且要是我們的關係被發現的話，我可是會吃上官司的。幾番勸說後，她總算明白我的難處。
傍晚時分，兩人沿著河岸邊一直走，我送她到車站。
她頻頻回頭，看到我一直揮手說再見，才死心似地消失在驗票口另一頭。這是我們最後一次見面。

從我們分手後，大概過了半年吧。我一直很擔心她父母會對我提告，總是擔心得夜不成眠。

不過，我們就那樣結束了。

因為我平常幾乎不看新聞，所以不太清楚這起案件。

老實說，當我看到她的名字時，心想怎麼可能，之後就盡量避免見到這則新聞。

沒想到過了十年，竟然是以這種方式重提舊事。

他說完後，嘆了一口氣。

我避免語帶責備地開始詢問他。

「比起同年齡的女性，小泉先生本來就比較喜歡比自己年紀小的女孩嗎？」

「……老實說，那時候的我覺得同年齡的女人有點恐怖。我念高中時，曾被班上女生無緣無故嘲笑，說什麼我是去整形的胖子、一直嘲弄我；況且電視上常會看到那種還在念國小、國中的偶像明星，她們都穿得很性感，看起來很成熟，不是嗎？因為環菜也是給人這樣的感覺，所以看不出她的實際年齡。」

「你說環菜小姐的眼神很勾魂，是吧？但也有可能是你先用那種眼神看她吧？」

他的態度顯得有些曖昧，為自己辯駁：

「我絕對沒有強迫她，這是真的。」

「環菜小姐的確說過她已經習慣了，是嗎？」

「是的，她的確這麼說。」

「你們交往時，她有跟你提過其他男性的事嗎？或是提到被性虐待之類。」

「虐待……」

他喃喃道。

「我不清楚能不能說是虐待，但她的樣子好像有點不太對勁。」

我擱在膝上的手冷不防握拳。

「怎麼說呢？」

「我們從交往開始便交換日記。環菜寫了各種事，我看過後，寫下感想，大概就是這樣吧。有時候她會寫些有點奇怪的事，像是今天也當了素描模特兒，還買漂亮的衣服給我，好開心。可是結束後又被誰糾纏，真討厭之類的。不過，搞不清楚到底是不是真有其事就是了。」

我又慎重地問了一次。

「那本日記最後是在誰手裡？」

「應該是在環菜那邊。」

「小泉先生曾試著問她，日記裡寫的事嗎？」

他有點心虛似地說「是有想要問啦……」。

「但總覺得還是別問比較好。環菜平常不太提她家裡的事。」

看來他自己也是那種很難對別人敞開心房的人吧。看他好幾次被追問時，頻頻揉鼻子的模樣，實在無法責備他。

另一方面，有件事讓我頗在意。

「小泉先生，你剛才說沒有強迫她，是吧？我也很想相信。但是我想再確認一次，你真的有得到環菜小姐的同意才發生親密關係嗎？當然就算女方同意，但我想當時未成年的她還無法清楚理解什麼是性行為這件事。」

他露出不知該說什麼才好的表情，默不作聲。

我等了一會兒，才說「我明白了」。

「謝謝你的協助，說了很多幫助我們更瞭解環菜小姐的事。」

就在我向他行禮致謝，想說採訪已經結束時。

「我還是不太明白……」

我驚訝地回頭，瞥見辻先生神情嚴肅地看著小泉先生。

我喊了聲「辻先生」，他卻沒有看向我，繼續說：

「雖說對方是未成年少女，但她主動說要交往，又常常去找你，就算不是愛情，也是一種移情作用吧……面對年紀比你小的女孩子，當她說出被別的男人欺負的事，身為男人的你難道不會想英雄救美嗎？」

面對辻先生的質問，只見小泉先生眉頭深鎖地說「我覺得真的很恐怖」。

我又坐回椅子上，繼續詢問。

「恐怖指的是，害怕你們交往一事暴露嗎？」

他搖搖頭，難為情似地說「是指環菜」。

「我們在一起的時候，氣氛變得越來越不對勁。我搞不清楚她說的事到底是真是假；而且她每次一哭，我就得拚命安撫她，要是稍微不想理會，她就會發飆，還曾經拿菜刀，哭著說乾脆一起死好了。她心情好的時候，還會突然要求做愛做的事，那模樣完全不像個小孩；雖然覺得她很可憐，但我實在不知道如何對待她，所以只能選擇逃避。況且我總覺得環菜是因為不想回家，所以才利用我吧。」

這男人敗給了慾望與罪惡感，畏懼世人的目光，無法拯救一名可憐少女而選擇逃走。事到如今就算再怎麼責備，時光也無法倒轉。縱使如此——

「這是面對立場相當的成熟大人，才能用的說詞。」

我說。

「並沒有清楚認知性行為的環菜小姐會覺得不安也是理所當然的。對於身心都尚未成熟的孩子來說，與小泉先生的關係已經超越她能理解的範疇。我想，她的身心都背負著極大的壓力；即便如此，孤獨的她還是只能依賴你。對了，環菜小姐說希望你能去看她，你覺得呢？」

我還是試著問問。

他似乎有點不安，立刻回道「我怎麼能去呢」。

「她看到我，肯定又會想起痛苦的回憶吧。何況我又無法為她做什麼。」

「這只是打個比方啦，如果必要時，你願意出庭作證嗎？倘若不行的話，能否寫封信作為證詞？畢竟我不是辯護律師，所以這不是請求，只是問問是否有此可能性。」

「這……真的很為難。我是絕對不會出庭作證的，也不可能寫信。畢竟要是這麼做，我可能會吃上官司，不是嗎？」

「單就剛才聽到的情形，小泉先生的行為足以構成強制猥褻罪；不過我記得公訴時效為七年，所以她已經無法對你提告。換句話說，小泉先生就算想以什麼形式補償她，事到如今也沒辦法了。或許唯一可以幫助她的事，就是下個月開始的法庭審判，但我知道對你而言，是件很為難的事。今天真的很謝謝你願意撥冗見面，要是有什麼需要幫忙的話，隨時可以和我聯絡。」
他的內心還殘留著自己從一位少女身邊逃離的記憶。我們起身離席。寒冷夜空下，我和辻先生走在不算熱鬧的商店街，有著成排掛著藍染門簾的乾貨店和豆腐店。辻先生弓著背，畏寒似地拉攏外套前襟。
我瞧著他這模樣，說道：
「謝謝辻先生說了那番話。」
他有點不好意思似地吞吞吐吐，當場低頭致歉：
「讓您見笑了。不好意思。」
我搖搖頭。
「聽了他的陳述後，總覺得和我想像的情形不一樣。我實在不明白為什麼聖山小姐到現在還是覺得小泉先生是讓她念念不忘的初戀情人。」
我思忖片刻後，回道「因為沒得到救助，不是嗎」。
「母親不在家、被父親趕出家門，又被伸出援手的男人背叛的她沒得到任何救助，所以她想改變，改寫這個故事。自己真的談了一場戀愛，在彼此都有好感，都有共識的情況下發生關係。也就是說，她想追求事實上根本不存在的東西。」
「兩人之間沒有愛情……是吧？」

辻先生說。

面對只有一床被褥的情形，總不能讓女孩子睡地板，所以兩人擠著睡。

乍聽之下似乎頗合理，但若真是個沒任何企圖的正直青年，應該不會這麼提議吧。

「小泉先生並沒有將被褥讓給她，自己睡地板。就我看來，他一開始就有點期待能和她發生親密關係吧。搞不好環菜小姐感受到他的意圖，所以無意識地取悅對方。」

必須回應才行。

必須回應大人的期待才行。

不能表現出不高興、恐懼的心情。

我在聽取小泉先生的陳述時，一直聽到環菜小姐這麼說。

站在警報聲響起的平交道前，看著發出轟隆聲，呼嘯而過的電車。

傍晚時分亮起的紅燈，我想像他們分手那天，環菜也是看到這樣的光景吧。

我突然對坐在我對面的環菜，說道：

「剪頭髮啦！」

她將剪短的黑髮撥至耳後，點頭說「是的」。

「庵野律師覺得開庭前，剪個清爽一點的髮型比較好。」

看來她對迦葉的疑心也畫上休止符。我鬆了口氣，說道：
「信上也有提到，我見到小泉先生了。他還是很在意環菜小姐。」
環菜的表情透露出期待。看著她那溼潤的眼瞳，總覺得有點心酸。
「但是他說無法來看妳，很遺憾。」
鬆了一口氣的她隨即收斂表情，冷冷地回道「這樣啊」。
「那麼……有說為什麼嗎？」
「沒有。不過，我想他沒有勇氣見妳吧。因為他覺得自己無法給妳任何幫助。」
「因為不想和殺人犯有所牽扯……」
環菜這麼說的同時，也很失落吧。我嘆口氣，決定清楚告知。
「畢竟他有他的立場，也得顧慮家庭。」
家庭……。環菜茫然似地反覆喃喃自語。
「裕二，結婚了嗎？」
「嗯。」
「咦？可是，我不懂為什麼做了那種事的人還能和一般女人交往、結婚呢？這不是很奇怪嗎？」
我問口氣愈來愈激動的環菜：

「環菜小姐，其實妳很清楚和小泉先生交往一事並非妳的初戀回憶。」

只見她失了表情。

「那到底算什麼……」

這麼自言自語。

「妳希望你們是真的在交往，是吧？」

我問。

「難道不是嗎？一般做了那種事的話……」

「那是就一般來說。」

環菜露出恍然大悟似的神情。

「因為我不是一般人嗎？」

「為何不傾聽自己內心的聲音呢？」

自己？她語帶疑惑地反問。眼裡映著慣有的脆弱與遲疑，我打斷她那過往與現在交替浮現的思緒。

「妳覺得他對妳做的事，是對的嗎？」

「我不知道是對是錯，但我覺得同意他那麼做的我也有責任。」

「當他要妳共睡一床被褥時，妳真的想這麼做嗎？在深夜的密閉空間裡，一個大男人對還在念小學的女孩子這麼說，妳不會想說就算被討厭也要拒絕嗎？」

「可是我不覺得討厭啊！況且我們並沒有真的發生關係。」

「那是因為妳拒絕嗎？還是他充分理解，所以作罷呢？」

環菜開始心緒混亂吧。只見她啃咬指甲，喃喃著「是他」。

「是他說還是不要這樣，這樣不太好。」

「我感覺他之所以這麼說，是為了明哲保身，而不是顧慮妳的身體和心理狀況。真正要求和妳發生親密關係的人，不是賀川先生，也不是其他大學學長，而是小泉先生，不是嗎？當時妳有向誰提過這件事嗎？」

環菜的雙肩顫抖，我關心地看著她。

從過了半晌才抬起頭的環菜眼裡落下斗大淚珠。

「只向從夏威夷回來的媽媽說過一次……她問我離家出走的事，問我跑去哪裡，我說去救我的人住的地方，但是覺得有點奇怪。」

「妳母親怎麼說？」

環菜瞬間倒抽一口氣，說道：

「她說，妳該不會被強暴了吧？」

「妳怎麼回答？」

「我說沒有，她說那就好。不過，我媽問我覺得什麼奇怪時，我卻不曉得要如何說明，她也沒再多問，只說讓爸爸擔心了，要我向他道歉，還說既然裕二這個人還不錯，以後要是遇到不開心的事，可以去找他；但我越來越覺得我媽之所以這麼說，只是她無法為我做些什麼的推託之詞，感覺自己就像個物品似的。每當我悲傷、哭泣、被冷漠對待時，就想說對方想做那種事，想和我見面；明明如此，結果卻因為做了那種事而分手，我真的不懂為什麼？醫生，裕二應該也有點喜歡我，才會和我交往，是吧？他要是一點都不喜歡我，怎麼可能和我做那種事。」

「妳明白什麼是愛情嗎？我認為是尊重、尊敬與信賴。」

「我沒有值得被尊敬的地方。」

說得一副理所當然樣的環菜，猶如沒有靈魂的洋娃娃。不過，我們已經知道是周遭大人讓她變成這樣。

「妳的確殺了父親，但在這之前，許多大人殺了妳的心。妳沒有說謊，只是覺得羞恥，所以無法具體說明被小泉先生如何對待的經過，這也是沒辦法的事。我想，依妳母親的反應，就算妳說自己被性侵，也只是會得到同情，不會覺得妳是受害者。」

一直默默流淚的環菜，道出真心話：

「我曾想過乾脆說是被霸王硬上弓。」

「妳和小泉先生的交換日記還留著嗎？」

想說搞不好已經扔了，還是姑且問問。

環菜邊拭淚，邊說：

「香子應該還留著吧。」

我嚇一跳，反問「真的嗎」。

「因為不能放家裡，也捨不得丟掉。香子搞不好已經扔了吧。」

我回道「瞭解」。待環菜稍微平靜下來後，我告訴她：

「其實妳根本不想當什麼素描模特兒，是吧？還在念小學、國中的女孩子被好幾個男人一直盯著自己和裸男在一起的模樣是很變態的事。」

「我倒是沒這麼想過。」

「因為妳的父母容許這種事啊！因為這在妳家是很尋常的事，所以妳不明白也是理所當然。小泉先生說，那本交換日記裡有提到那些參加素描課的男人，妳不記得了嗎？」

「應該不是那些參加的人，而是那個男模特兒。」

「他對妳做了什麼？」

我問。

「記得小五時，我們家舉行歲末聚會，大家都喝醉了。那個人突然抱住我、把我壓倒在地上，可是因為大家都在笑，所以我覺得討厭別人這麼做的自己很奇怪。」
「他有觸摸妳的身體嗎？」
可能有吧……。環菜不太確定地說。
因為腦中浮現那光景而深感不快的我，再次詢問環菜。
「妳還記得自己不想當模特兒的事嗎？應該要有很大的勇氣才敢說出來吧？妳母親說妳是因為沒有給打工費，所以不想再當了。」
環菜的表情莫名僵住。
「什麼打工費？我不知道。」
「咦？」
我很詫異，也很後悔自己怎麼現在才問她為何那時不想當模特兒，明明聽香子說明時，就覺得不太對勁。
「她說是妳自己這麼說，而且沒說一聲就不去了。難道不是嗎？」
「是那傢伙說不用當也沒關係啊！」
無意識地用「那傢伙」稱呼父親的環菜露出不敢置信的眼神。
「為什麼？」
她像要坦白非常痛苦的事似的，不停吸氣、吐氣。

「最初是媽媽從夏威夷回來之後，因為我手腕上有傷，所以暫時沒辦法當模特兒。」
這次換我沉默地面對事實。
「但是傷好了，我又開始當模特兒了。每次被盯著看就覺得很不舒服，我自己也不知道為什麼，不過也是多虧這樣，我才能休息，就這樣一直重複著這種事。後來傷口愈來愈多，實在掩蓋不了時，他就叫我不用再當了。」
我接觸過不少有自殘癖的諮商者，卻是初次聽聞這種理由。
不是為了讓別人看到，察覺自己不對勁，而是藉由讓別人看到而逃避某件事。
環菜陷入沉默，一旁的獄警告知會客時間結束，走向環菜。
那瞬間，環菜用力甩開對方的手。
獄警驚訝地按住她的肩頭。我趴在玻璃隔板上，大喊「不要這樣」，卻被一股難以反抗的力量硬是拉走。
這隻抓住我的男人的手，讓我反射性地深感厭惡。我大吼「不要碰我」，用力甩開這隻手的剎那——
「……太過分了。」
環菜低喃。我回頭。
被用力拉走的環菜突然失控大吼。

「明明不管說什麼，我都乖乖聽從！明明一直忍耐著……為什麼?!」

「環菜小姐！妳終於——」

就在我想對她說些什麼時，我們都被強行帶離。

我被迫坐在一把坐起來很不舒服的椅子上，還被嚴重警告了很久。

最後穿著西裝的迦葉趕來，向所方人員賠不是，帶著我走出等候室。

我們步出看守所的門廳，並肩走在寬敞道路上。

「對不起，謝謝。」

我向他道謝，迦葉拍拍我的肩頭。

頓時覺得全身虛脫的我吐著氣，仰望天空。

「第一次看到那孩子那麼憤怒。」

迦葉一直偷瞄我。我又說：

「第一次看到她失控大吼，宣洩情緒。」

太過分了。環菜控訴著。乍聽像是她對小泉先生和父親宣洩怒氣，但剛才和她談話時，讓我感到最恐怖的卻是另一個人。

是她自己說沒有打工費，所以不想做，也就沒讓她當模特兒了。

環菜似乎沒料到母親會這麼說的樣子。

說謊成性——。

這句話應該是在說誰呢？

「讓環菜小姐情緒不穩，我很抱歉。不過之後也許她會比較願意吐實吧。只是這段時間的情緒會很不穩定就是了。」

我明白。迦葉用力點頭，回道「接下來就交給我吧」。

我邊坐進計程車，邊道謝。

從跟著坐進來的迦葉身後射過來的那道光令人目眩，雖然看不清他的表情，卻覺得是我見過最溫柔的一次吧。

坐在車子裡的我一臉茫然，擁抱著這股總算從長眠中醒來的感覺。

診所大門開啟的瞬間，感覺室內的氧氣變得有點稀薄。

正在服務其他諮商者的里紗停下腳步。迦葉那落在地板上的影子好長，只有頭部和她的影子重疊。

我默默走向迦葉，招呼站在門口的他，就這樣沐浴在周遭人的目光，感覺連四周的空氣也波動著。

「這邊請。」

「謝謝。」

迦葉微微頷首致謝，隨即跟著我前往診間。

關上門，兩人面對面地坐在沙發上。白色百葉窗、擺在窗邊的幾盆觀葉植物，已經關掉的桌機，熱帶魚悠游著，水族箱的幫浦聲。

迦葉啜了一口茶，抬起臉。

「她說自己沒有要殺害父親的意思。」

「環菜小姐這麼說嗎？」

迦葉點點頭，回道：

「她對我說『我可以說出真相嗎？』我說當然可以。」

「真相……」

我悄聲低語。有種總算走到這裡的感覺。

「不過多少會影響判決吧。畢竟現在才翻供，不利於心證啊！」

迦葉道出真心話。

「我不應該刺激她嗎……？」

迦葉突然笑了。隱藏事件背後的真相也不好啊！他說。

「『我真的沒有要殺他的意思，我不該被以殺人罪起訴。』我沒想到環菜會如此強烈主張。固然結果很重要，但就算多少能減輕刑期，要是到死都烙印著無法說服自己的記憶與冤屈，實在無法說哪一種情況比較幸福吧。所以至少要讓當事者能無憾地接受判決結果才行。不過時間實在很緊迫，為了將火力集中於開庭審判一事，由紀和她的會面就此打住，之後都交給我，可以嗎？」

「嗯，我明白。」

想起以前曾從迦葉口中，得知我聞說過的一句話。我說：

「不只我聞，我也覺得迦葉很適合當律師。」

當初相識時，我也很喜歡他這般柔軟的思慮。

「謝謝。還有小泉的事，就算請他出庭作證，也極有可能被法院裁定與事件毫無關係，而予以駁回，所以最好能提出交換日記作為證據囉！」

隔天，迦葉馬上聯絡香子。

和環菜情誼深厚，個性又認真的香子慎重收下閨蜜託她保管的日記。

迦葉從剛下課的香子手上接過的淺咖啡色信封袋上寫著一排字。

「不准拆封！要是拆封就和妳絕交哦！」

迦葉看到這排充滿少女口吻的文字，心情頓時變得很複雜。香子神情嚴肅地說：

「要是我早點打開來看，也許環菜就不會殺了她父親吧。」

迦葉突然想起什麼似地問：

「不過啊，有些事情還真不是我們男人能夠理解的哩。為什麼小泉要求環菜和他發生關係時，環菜會說反正自己已經習慣呢？」

我先說純屬個人看法後，才開口：

「我想應該是那句『天亮了，妳回去吧』刺激到她，讓她對於分開一事深感不安，想說要是回應對方的要求，自己的願望也可以實現吧。」

「她希望小泉幫她實現什麼呢？」

「不是什麼監護人之責，而是愛情吧。」

「愛情啊！」

我對重複這字眼的迦葉說：

「女孩子身邊總是有許多偽善的神。有些人會因此想不開，也有人會努力活下去、克服創傷，瞭解什麼是真正的愛而回歸人生正軌。環菜小姐也是，或許再過一段時間便能掙脫困境。」

迦葉雙手交臂，嘟噥著「這樣啊……」，便莫名地靜默不語。

就在我有點不知所措，想說趕快化解尷尬氣氛時，迦葉喃喃自語：

「我明白了。」

我眨了眨眼。

只見他有點難為情似地搔著額頭，說道：

「以前念大學時，我曾傷害妳的事也是。雖說那時年輕不懂事，但要是別人的話，我不會說那種話，大概想說妳會笑著原諒我吧。實在太不顧妳的感受了。」

我搖頭，回道：

「我也是，一直很後悔，傷害了你。」

「是喔？」

沒想到我的聲音竟然如此顫抖。

「我不是故意要說那種話。」

凝視著我的迦葉說：

「我也是啊！對不起。」

我一邊伸手拭淚，一邊說：

「我也是，說了那麼過分的話，對不起。」

迦葉像是閉關似地沉默半晌後，說道：

「其實我一直不明白，為何去妳住的地方時，自己竟然表現得那麼彆扭笨拙。」

我閉上眼，想著一直封印在心裡的那句話。當我去探望迦葉的母親時，我察覺到也許是因為這緣故。

「迦葉的媽媽該不會從以前就很瘦吧？」

被冷不防這麼一問的他沒有回應。

沉默良久後。

「是啊。」

只回了這句話。

「這不就是答案了嗎？我想，你很害怕體型和你母親相像的我，所以之後你交往的對象都是身形比較豐腴的女性，由加利小姐也是。」

迦葉露出不敢置信的眼神。

「我從沒想過這種事。」

他喃喃道。

「這裡是診間，我是傾聽者。」我說。

對喔。迦葉理解似地點頭，說了句：

「謝謝。」

迦葉離開後，我攤靠在沙發上，小睡片刻。彷彿回到十年前，自己在這裡接受診療的時候。

生下正親後過了半年，我寫信給一直很仰慕的院長，拜託他讓我在這裡實習。

記得是初夏時分，從葉縫灑下的刺眼陽光呈現不規則反射的早晨。過於蔚藍的晴空，促使從公車站走向目的地的我有點頭暈目眩。

診所大門一開，露出飽滿額頭的院長穿著白襯衫，袖子往上捲。他盯著我看了幾秒，一邊搔著短髮，一邊說：「實習是沒問題，但我看妳還是先稍微舒緩一下比較好吧。」

有點忐忑不安的我被帶至診間。

院長對坐在沙發上的我，特別施以催眠療法。

「基本上，我不太使用催眠療法，但因為妳過於理智的關係。很好，可以再放鬆些，前往一片空曠的地方吧！」

深沉的寂靜降臨。十秒、二十秒、三十秒……

一回神，發現自己站在有著一片無垠夜空的原野。

只聽得到風聲。明明很荒涼，卻有股莫名的熟悉感。

在原野徘徊的我來到看得到海的斷崖。天空開始露出魚肚白，我自然地縱身一躍。

沉入海裡的瞬間，彷彿整個人破裂似地浮起無數大小氣泡。就在我覺得身體各處不太對勁時——

「身體是不是被什麼東西纏住？可以剝掉嗎？」

被這麼問的我開始尋找，手臂、胸部和腰際都纏著噁心的海藻。

我想剝掉卻剝不掉，一股厭惡感爆發。

「弄不掉……我想燒了自己的身體。」

院長口氣冷靜地詢問如此不耐的我：

「別這樣。用手剝不掉嗎？」

明明坐在診間接受治療，院長的聲音卻像是從水面傳來。

「沒辦法。」

「沒辦法溶於海水嗎？」

「溶不掉……」

「試著游一下，甩開呢？」

突然有種咒語被破解的感覺，我用力頷首。在海裡戰戰兢兢、小心翼翼地游著，然後從交纏的海藻縫隙間窺看到某個東西，那是——

身邊最親近的異性——父親的雙眼。

當我回神時，不禁放聲大哭，就像初生嬰兒那樣。光總算照進我幽暗的心，內心滿是爽快的解放感。人，是可以重生的。

環菜一定也可以。

第一次公審當天，一早就寒氣逼人。

我坐在法院的長椅上，和辻先生喝著罐裝咖啡，等待開庭時間。仰望高高的天花板，此刻的環菜在想什麼呢？

門開啟，我們走進去，落坐旁聽席。辯護人席上坐著迦葉與北野律師，他們一邊整理厚厚一疊的資料，一邊不知在交談些什麼。迦葉的表情看起來十分沉穩。要不是因為這起案子，我們之間的關係可能會一直很彆扭吧。就在我這麼思索時，環菜在法警的陪同下走了進來。

纖細的腰部與雙手被繩子和手銬束縛的模樣，說是被告，看起來更像受害者。白襯衫裹著她那嬌小身軀，因為頭髮變短的關係，秀麗的容姿更加醒目。雖然還是一副很沒自信的樣子，但她的眼神有了些許光采。

當她走向被告席時，迦葉向她悄聲說了幾句話。只見環菜微微一笑，因為那笑容就和一般女孩沒兩樣，讓人為之心頭一震，感覺旁聽席也起了小小騷動。

法庭內響起一聲，「起立。」

坐在旁聽席的人們紛紛站起來，法官與參審員們步入法庭。

有看起來年紀較長的男性參審員，也有年輕的女性參審員。我祈禱沒有那種對環菜抱持明顯反感的參審員；感覺他們面對這起轟動社會的殺人案，也很緊張的樣子。眾人行禮後就座。

審判長用和善、溫柔的聲音說：

「被告請往前。」

環菜站起來，走到中央的應訊台。

「請報上姓名。」

環菜做了個深呼吸後。

「聖山環菜。」

聲音聽起來很沉穩。

「請檢察官宣讀起訴書。」

一位神情嚴肅，身形偏瘦的男子起身，看起來年紀約莫四十出頭吧。感覺氣質和迦葉很像；只是沒有絲毫討人喜歡的感覺，似乎也沒有溝通的餘地。瘦削雙頰格外讓人覺得神經質。

檢察官快速宣讀起訴書。

「……平成二十八年七月十九日，在T電視臺的攝影棚接受第二次面試時，感覺身體不適，結果放棄面試的被告於下午二點二十分左右，在澀谷的東急手創館購買菜刀後，於下午二點五十分造訪聖山那雄人任教的藝術學校。她將那雄人先生叫至二樓女廁，以事先準備的菜刀刺向被害人胸口一事，構成起訴事實記載的犯行，亦即觸犯刑法第一百九十九條，殺人罪。」

宣讀結束後，審判長看向被告。

「被告承認剛才宣讀的起訴事實嗎？」

不。環菜搖頭。

「我並非因為想殺害父親而購買菜刀，菜刀也不是基於我的意思而刺入他的胸口。父親是因為滑倒而遭刺，我自始至終都沒有殺害他的意圖。」

她一字一句慎重陳述。

我驚訝地和辻先生互看。

父親是因為滑倒而遭刺？

當疑惑的氛圍在旁聽席蔓延開來時，審判長看向辯護人席。

「請辯護人陳述意見。」

迦葉起身。四肢修長、高個子的他在法庭更為醒目。眾人將注意力轉移到他身上。

「起因是雙方起爭執。」

迦葉宣稱。

「被告完全沒有殺害父親，那雄人先生的意思。因此，不足以構成殺人罪，所以被告無罪。」

氣氛驟變。好幾位看起來應該是媒體記者的人紛紛抬頭，關注審判動向。

審判長想讓審判流程繼續進行似的，催促道：

「接下來由檢察官陳述。」

方才那位瘦子檢察官起身，看向頭頂上方的螢幕。

「藉由螢幕畫面，說明這起事件的爭論重點。」

以不帶情感的聲音，這麼說。

「關鍵事實有四點。第一點，被告事先購買菜刀，才去找父親，也就是那雄人先生；第二點，胸口的穿刺傷深及心臟；第三點，被告丟下倒在血泊中的那雄人先生，當場逃離；第四點，被告有殺害被害人，也就是那雄人先生的動機。」

瘦子檢察官繼續說明情況與證據。他的表情幾乎沒什麼變化，看來一點也不介意辯護人的無罪主張。

「根據負責解剖的春日醫師所言，刺穿那雄人先生胸口的菜刀是由稍微下面一點的方向刺入，依據被告與被害人的身高差距研判，這一點是合理的。此外，雖然被告是偏嬌小的女性，但要是被害人處在毫無戒心、也無防備的情況下，菜刀有可能刺入心臟。以上，陳述完畢。」

他以平淡口氣陳述完。

審判長抬頭說道：

「接下來由辯護人進行開頭陳述。」

迦葉起身。只見他試圖斬斷檢察官的獨斷判定似的，擔心地瞄了一眼環菜，隨即看向參審員們。

「關於這次的審判，身為辯護人的我想先向各位說明一件事，那就是關於刑事審判的原則，也就是所謂的『罪疑唯輕[5]』原則。容我解釋一下這是什麼意思，唯有證明並判定被告確實犯罪的情況下，殺人罪才能成立，而檢方須負舉證之責，證明被告確實有犯罪事實。因此，即便只有一絲可能性，被告也可能是無罪的，亦即符合無罪事實。那麼，關於

5　或稱「罪疑唯利」。

檢察官此次提出的爭論重點，身為辯護人也有幾點要說明。」

迦葉的補充說明頗具說服力。

我也因為環菜的主張幡然一變，完全無法料想事情將如何發展，不由得稍稍調整呼吸後，專注聆聽迦葉的說明。

「首先關於第一點，雖然被告去找被害人那雄人先生之前，的確事先購買菜刀，但這把菜刀並不是為了殺害那雄人先生而買；雖說如此，單就買了菜刀後，便發生凶案的事實來看，一般都會認為被告有殺害被害人的意圖，也是理所當然；關於這一點，容我繼續說明。其實被告的手上有三十二道傷痕，全是被告從小不斷自殘而留下的傷痕。案發當天造成的傷口有五處，除此之外，左臂也有五處，從手肘到手腕部分則有十七處，手腕內側也有五處確定是自殘的傷痕。除了案發當天造成的五處傷口之外，其他都是陳年舊傷，海洋大學醫院的高島醫師開立的診斷書可以證明此事。

「再者，從被告十歲到十四歲為止，那雄人先生每個月都會在自家畫室舉辦兩次素描課，由被告擔任素描模特兒。對於被告而言，在參加者都是男性的情形下，承受的精神壓力可說非常大；然而，在動不動就被沒有血緣關係的那雄人先生要脅除去戶籍的情況下，無法拒絕的被告只好步上自殘一途。只要被告出示手上的傷給那雄人先生看，那雄人先生就會告訴被告暫時不用來當素描課的模特兒。因此，想說只要受傷就不用擔任素描模特兒的被告，便頻頻做出自殘行為。後來因為傷痕愈來愈多，已到了無法遮掩的地步，那雄人先生便告訴被告不必再擔任模特兒了。

「然而對被告來說，已經習慣用自殘當作她逃離痛苦的方式；所以案發當天被告不是為了殺害父親那雄人先生，而是為了要讓父親看看自己自殘的傷而前往藝術學校，亦即案發當天，被告不是為了刺殺那雄人先生，而是為了自殘而購買菜刀，由醫師的診斷書以及詰問被告可以清楚瞭解此事。」

迦葉的開頭陳述結束後，接著由檢察官說明凶器等證據。

當螢幕出現血跡乾涸的菜刀照片時，才有種確實有人成了刀下亡魂的真實感。主張她並非蓄意殺人的方向正確嗎？我的心情也很忐忑。我想確認什麼似地看著環菜的側臉，只見她垂著眼。

接著是辯護一方提出證據，輪到迦葉上場。

「請看螢幕上的畫作。」

螢幕上出現南羽先生從不同角度，描繪環菜與裸體男模特兒的畫作，不是素描圖，而是已經上色完成的油畫，更加凸顯男模特兒是全裸。

參審員們皺眉地盯著螢幕。

「身穿白色洋裝的少女是被告，一旁描繪的裸體男模是派遣公司派來的兼職人員。這幅畫是當時參加素描課的男大生畫的。如各位所見，這名男模一絲不掛，那雄人先生要求當時還是小學生的被告，每次都要和這名男模緊緊靠在一起，供大家練習作畫。」

實際上見到這幅畫的衝擊果然比想像中來得大。我窺看參審員的反應，只見好幾個人的神情變得相當嚴峻。

緩緩陳述的迦葉側臉，蘊含著身為辯護人的知性與正義。

不知不覺間，我也成了被他的話語深深吸引的旁聽者。

「接著要宣讀的是被告從小學就認識的好友，臼井香子小姐的供述。」

「『現在回想，我覺得環菜她家存在著許多問題。其中最令我匪夷所思的是竟然不准鎖門，這是她父親的規定，因為他討厭出門還要帶鑰匙，所以即便只有環菜一個人看家，也不能鎖上大門。環菜十二歲時，記得她母親昭菜女士獨自前往夏威夷，所以四天來多是環菜獨自看家。有一次出門小酌的那雄人先生遲至深夜還沒回家，一直苦苦等他回來的環菜擔心小偷或可疑人士闖進家裡，只好鎖門去睡覺。結果隔天才回家的那雄人先生勃然大怒，將她趕出去。環菜獨自走在下雪的深夜街上，腳還受傷，幸虧當時在附近便利商店打工的店員伸出援手，這些事是當時放學後，環菜告訴我的。我到現在還清楚記得她開心地告訴我，明明一樣都是男人，那位店員卻比父親、還有素描課的那些人對她好多了。』那位便利商店的店員，是一位名叫小泉裕二的男性。我手上有一封小泉先生的親筆信，現在代為念出來。」

我抬起頭。那個只會說「饒了我吧！」的膽怯男人竟然……我難掩驚訝地專注聆聽迦葉的陳述。

「『我，小泉裕二於十年前的三月下旬，當時還是大學生的我在便利商店打工時，發現剛從小學畢業的聖山環菜小姐因為腳受傷，蹲在夜晚的街道上，我幫她處理好傷口。後來便常常關照被趕出家門的環菜小姐，她也會和我說些家裡的事。她家會定期舉辦素描課，環菜小姐和全身赤裸的成年男子靠在一起當素描模特兒，也曾說過她被喝醉的大學生亂摸身體。有時候講著、講著，她就哭著說不想回家；雖然我發現她家裡有問題，但因為不想插手別人家的麻煩事，所以最後我拒絕環菜小姐的求助。即便是很久以前的事了。我還是清楚記得她跟我說過的那些話。』以上是小泉裕二先生的親筆信內容。」

疑惑的氛圍頓時在法庭蔓延開來，眾人無不露出究竟是怎麼回事的表情。

「辯護一方也有詢問負責解剖的春日醫師。據春日醫師表示，故意刺殺的情形，與因為意外而滑倒遭刺的情形，可依心臟內的出血情況多少看出其中差異。春日醫師的回答是，根據那雄人先生的解剖結果來看，不排除可能是意外造成的。方才檢察官說，即便是個頭嬌小的女性，被害人在無戒心也無防備的情況下，也有可能遭其刺殺；但根據春日醫師所言，雖然不能說不可能有這情形，但要一次就刺得這麼深、這麼精準，一般來說，確實有點困難。」

就在法庭內的疑惑氣氛越來越濃時，只有審判長的口氣始終沉穩。

「接下來傳訊檢方的證人，在這之前先休息一下，預定於下午一點十五分開庭。」

從緊張感解放的我起身時有點頭暈；雖然專注進行諮商工作時，也會覺得很累，但疲累的程度不及此時此刻。

我站在走廊上等待，迦葉和北野律師一起走出來。

迦葉朝我使了個眼色，我走向他，悄聲對他說「辛苦了」。

「唷，妳也是啊！很累吧？」

「我沒事。對了，你居然能讓小泉先生答應寫那封信。」

我快步跟著，不斷提問。迦葉站在自動販賣機前，一邊買罐裝咖啡，一邊說：

「就是有那種同為男人才懂的話囉！雖說是說服了他，但也費了好大的勁。對了，北野律師，你覺得那位檢察官如何？」

北野律師一邊按下可樂的選鈕。

「從公審前整理資料開始，就覺得他有點難搞啊！通常那種類型的檢察官都是在詰問被告時，才發揮真本事囉！」

一邊這麼說。

「那種傢伙可能會平心靜氣地問些很神經大條的問題吧。反正本來就是一場不好打的硬仗，只能有所覺悟啦！」

迦葉交相看著我和辻先生，說：

「不過，我覺得那個素描課的油畫倒是給一般參審員極大衝擊。多虧你們跑一趟富山，發現那幅畫。」

「您太客氣了。我也深怕給兩位添麻煩。下午也請加油了。」辻先生謙虛地說，低頭行禮。

我們暫時離開法院去吃午餐。就連寒冷的冬日天空，仰望時都覺得清爽無比，還是頭一次有這種感覺。

辻先生彷彿說出我的心情似的：

「好緊張喔！」

我默默頷首。

我和辻先生趕在下午開庭前十分鐘回到法院。

走在白色長廊時，視線一隅閃過某個熟悉身影。我猛然回頭，身穿白色毛衣的環菜母親在檢察官指引下，走進休息室。

瞬間瞄到她的側臉，非但不柔弱，還露出好戰神情。

走向旁聽席的我覺得自己看到不該看的東西。

「那麼，開始進行下午的審理。首先，由檢察官詰問檢方提報的證人。證人請移步至應訊台。」

響起環菜母親的腳步聲。只見她一邊看向坐在被告席的環菜，一邊走向應訊台。環菜突然低頭。

「請證人說出自己的名字。」

「聖山昭菜。」

非常強而有力的聲音，一點也不像丈夫被殺害，女兒遭逮捕的母親會發出的聲音。

這次上場的不是早上那位看起來很神經質的檢察官，而是另一位感覺相當沉穩的年輕檢察官。

「檢方要問證人幾個問題。首先，凶案發生當天，證人在自家準備晚餐時，撞見被告身穿沾有血跡的白色T恤回來，沒錯吧？」

「是的，沒錯。」

「那時，看在身為母親的證人眼裡，被告是什麼樣子？」

「雖然看起來忐忑不安，但她並沒有哭泣。應該說，現在回想起來，當時她還滿鎮定的。」

「鎮定？」
「是的。」
「被告有對妳說什麼嗎？」
「有。她說爸爸被菜刀刺到。」
我瞪大雙眼。所以說，環菜並沒有跟母親說，父親是被殺害的。
明明我和迦葉去醫院探訪她時，她完全沒提到這件事。
「然後，妳怎麼說？」
「我問她，被菜刀刺到是怎麼回事？爸爸想自殺嗎？結果環菜說，是被我帶去的菜刀刺到的。於是我質問她，怎麼可能隨便被妳帶去的菜刀刺到呢？」
「面對妳的質問，被告怎麼回答？」
「環菜她說了句『夠了！』，隨即衝出家門。」
「然後，妳怎麼處理？」
「因為搞不清楚環菜說的到底是真是假，想說打電話去外子任教的學校詢問，反而先接到學校打來的電話，這才得知外子被送往醫院。後來我趕到醫院時，從警察口中得知環菜遭到逮捕。」
看起來十分沉穩的年輕檢察官有點疑惑似地挑眉。

「妳說搞不清楚是真是假，為什麼會這麼想呢？」

環菜的母親反覆嘟噥著「為什麼啊……」。

「因為環菜會說謊，從以前就會說些根本沒有的事。」

這麼回答。

「所謂的從以前，是從什麼時候開始？」

「大概從小學時候開始。」

「有想到是什麼原因嗎？」

她乾脆地回了句「沒有」，還搖搖頭。

「就妳看來，被告與那雄人先生相處得很好嗎？」

「也稱不上很好，因為外子管教嚴格，有時也比較情緒化；不過因為他大多數時候都是在國外工作，幾乎不在家，所以兩人本來就比較少互動。」

「那雄人先生反對被告求職一事，是真的嗎？」

是的。環菜的母親用力點頭。

「是真的。因為外子認為那種工作，年輕時做做還好，隨著女人年紀漸長，只會越來越嚴苛，所以很反對。」

「所以那雄人先生是為被告的將來著想，出於關心而反對嗎？」

環菜的母親又用力點頭稱是，說道：

「因為環菜某方面很纖細敏感，所以不適合面對公眾的工作，這是外子的看法。」

「兩人曾經因為這件事，起口角嗎？」

「案發前一晚，兩人激烈爭吵。」

「證人那時如何處理？」

「因為我從未想過要忤逆外子，所以我試著勸慰環菜，但她把自己關在房間。」

「後來，被告有出現什麼不尋常的態度或行為嗎？」

「沒有，我覺得她滿鎮定的。不過那天晚上，因為我和外子一起外出用餐，所以也不是很清楚她的情形。」

年輕檢察官沉默片刻後，改換問題。

「接著想瞭解一下被告的性格。被告在證人眼中，是什麼樣的性格呢？」

「環菜平常還算乖巧，但她從小就比較情緒化，有時候會突然哭叫，衝出家門。」

「證人和那雄人先生都是怎麼處理這樣的情況？」

「雖然外子曾提議帶她去醫院就診，但我想說要是這麼做會讓她活在周遭的異樣眼光下，也很可憐，所以還是由家人來守護她比較好吧。」

「順道一提，妳曉得剛才辯護一方提到的素描課情形嗎？」

面對這提問，她的聲音明顯變得尖銳。

「不知道。因為每次舉行素描課時，我都不在家，所以不曉得什麼男模特兒沒穿衣服這種事。」

「總是不在嗎？」

「是的。」

「四年來一直都是這樣？」

「其實沒有四年這麼久，因為外子有時在國外工作一待就是半年，所以加總起來並沒那麼久。」

「那麼，素描課結束後的聚會真的發生有人喝醉，強行抱住被害人、予以性虐待之類的事嗎？」

「那些學生都很乖，至少據我所知，沒有如此素行不良的人。有些很喜歡小孩子的學生會摸摸頭、輕輕抱起她，環菜也很開心地喊哥哥，所以我實在不明白為什麼會有虐待之類的說法。我想應該是環菜誤會了。」

總之，環菜從以前就很愛說謊。

我想起她會如此斷言。

「所以說，辯護人剛才陳述的事實中，也有妳不知道的事囉？」

「是指誰？那個叫小泉的人嗎？」

環菜的母親忍不住爆發情緒，明顯讓年輕檢察官有點錯愕。

「遇到小學剛畢業的孩子蹺家，一般都會向警察通報不是嗎？那個人到底和環菜是什麼關係？竟然把蹺家的女孩子帶回家裡，這種人的腦筋才有問題，不是嗎？我們並沒有把環菜趕出去，反而是那孩子總是不聽父母的話，離家出走。那種男人的證詞根本是胡說八道。」

滔滔不絕的環菜母親讓旁聽席飄散著疑惑氣息。一直勉強撐到現在的扭曲形體開始越來越大。

「瞭解。再問最後一個問題。案發後，妳有見到被告，沒錯吧？請再說明一次當時的情形。」

「剛才也說過了。她看起來頗冷靜，實在看不出來是失手用菜刀刺殺他人的模樣，所以我認為那孩子從一開始就決定刺殺外子，才會去學校找他。」

面對說得如此斬釘截鐵的證人，年輕檢察官禮貌性道謝後回座。

檢方詰問證人的程序告一段落，接下來換辯護一方詰問。

想說應該是迦葉上場，沒想到站起來的是北野律師。

「我是辯護人北野。因為證人能夠回答的問題已經不少，我就直接開始詢問。」

北野律師沉穩大方的態度，多少緩和騷然不已的法庭氣氛。

「那麼，想先請問證人關於案發當天的事，那天的晚餐有些什麼菜色？」

這提問讓眾人大感意外。

「啊？」

環菜的母親也狐疑地偏著頭，反問。

「如果還記得的話，可以告知那天晚餐的菜色嗎？」

「那天……有醋飯、湯和玉子燒，因為我打算做手捲壽司。」

「這些是證人想出來的菜色嗎？」

不是。這麼回答的環菜母親似乎察覺到什麼似的。

「是環菜要求的。」

吞吞吐吐地回答。

「環菜小姐是什麼時候要求晚餐吃手捲壽司？」

「那天早上，前往面試之前。」

「是這樣嗎？所以是為了祈願面試順利，要求晚餐吃有慶賀之意的手捲壽司囉？」

不是。她搖頭。

「她說大概考不上吧。所以起碼晚餐想吃得豐盛一點。」

「所以環菜小姐有可能會落選的心理準備囉？」
「因為難度很高，我想她也不是很有把握。」
「就證人來看，被告面對求職一事的態度如何？」
「她很努力。」
「那麼，被告那天參加的電視臺面試是最後一場嗎？」
不是。環菜的母親又搖頭。
「雖然是最後一場民營電視臺的面試，但之後還有地方電視臺的面試。」
「所以那天被告並未完全放棄夢想，是吧？」
「可是環菜說民營電視臺是她的第一志願，她對自己的要求很高。」
北野律師思索片刻似地低吟一聲。就在眾人關注下，他非常自然地抓準時機詰問：
「剛才妳說被告回家時，說父親被菜刀刺到，是吧？明明如此，為什麼妳會覺得是被告刺殺那雄人先生？」
「那是因為哪有可能隨便就被菜刀刺到啊！環菜是為了掩飾自己的罪行才那麼說的吧。」
「剛才證人說被告會說謊、會說些根本沒有的事，還記得她具體說過什麼樣的謊言或行為嗎？」

「很多次啊！好比剛才素描課的情形就是。明明沒有會做那種奇怪事情的學生，她卻說謊想引起別人的關注。外子管教很嚴格，家裡又只有她一個孩子，從以前她就說過自己很寂寞，所以常常會做些引起別人關注的行為。」

關於這一點啊！北野律師依舊從容。

「剛才證人說，每次舉行素描課時，妳都不在家，所以也不知道裸體男模一事，是吧？連這麼重要的事實都沒辦法確定的證人，為何能斷言參與素描課的人，沒有人會對環菜小姐性騷擾呢？」

北野律師一針見血的詰問，讓人感覺風向似乎變了。

「那是因為素描課結束後，我會回家做些料理或是端出茶點給大家吃！並不是一直都不在家。」

「是嗎？瞭解。」

或許是已經讓大家充分瞭解環菜的母親不在家裡的時段吧。北野律師立即結束這個問題。

不過，他又問：

「證人曉得環菜小姐手上的傷嗎？」

環菜的母親顯然已經無法壓抑情緒，回道：

「我有看到，但她說是不小心受傷。」

「妳從沒想過傷口越來越多，應該是被告心裡出了什麼重大問題嗎？」

「我沒細數有多少傷口。因為打從一開始就是很嚴重的傷口，反而搞不清楚到底是增加還是減少。」

「也就是說，只有那雄人先生知道，被告也曾以此為由，暫時不必當模特兒，最後就讓她不必再當模特兒，是嗎？」

「我不清楚模特兒一事。因為事關外子的工作，我不會過問。問我是不是只有外子知道，應該是吧。因為我不記得外子曾直接找我商量或是提過這件事。」

從環菜母親吐出的話語中，不知道、不清楚之類的字眼越來越多。

「證人說環菜小姐與那雄人先生的關係稱不上很好，那麼平常會有證人不在場，只有環菜小姐與那雄人先生單獨談話的時候嗎？」

「他們是父女，當然會啊！這有什麼好奇怪？」

「我換個方式問。為什麼那雄人先生反對被告報考女主播？您曉得理由嗎？」

「因為外子覺得綜藝節目之類的，這種東西很無聊。他本來就對電視節目沒好感，所以外子在家時，不會看電視。」

「被告曾針對這件事有什麼反駁，或是因此起口角嗎？」

「面試前一天，環菜又開始神經兮兮時，被難得比較早回家的外子說了幾句後，她就氣到哭了。」

「即便如此，隔天早上環菜小姐要求母親做手捲壽司，是因為要去應試的關係。證人認為被告是因為重要考試失利，才突然起意要刺殺那雄人先生嗎？」

環菜的母親回道：

「就算是母女，也是不同的個體，我哪知道她心裡到底在想什麼。」

隨即斷然地說：

「若非如此，就無法說明她為何殺人，不是嗎？她帶著菜刀去找父親，還朝他胸口刺下去，這分明就是蓄意殺人，不是嗎？明明環菜被捕後便坦承殺人，我不懂為什麼事到如今卻說自己沒殺人？我看是辯護人為求勝訴，事先和她套好招，搞出如此扭曲事實的藉口，我認為這種作法很惡劣。身為人母的我，希望環菜能由衷反省。」

北野律師總算要結束詰問。

「瞭解。謝謝。以上是辯護人的詰問。」

一回神，才發現已經過了一段相當長的時間。

還記得步出法庭時，渾身疲憊的程度簡直超乎想像。

來到走廊，瞥見環菜的母親神情悵然地在檢察官陪同下，正走出法庭。

一早在開往霞關的地鐵車廂內，被擠得滿滿的乘客們推來擠去時，手機突然震動。

我設法從包包掏出手機，原來是迦葉傳來的郵件。早上起床時，我發了封郵件給他：

「想說今天環菜小姐會承受極大壓力，麻煩你了。」

於是，收到他的回信：

「總之，我會告訴她一句魔法之語，應該能撐過去的，謝謝關心。」

魔法之語？我狐疑地偏了一下頭。迦葉應該是想到什麼吧。我將手機塞回包包。

我落坐法庭的旁聽席，等待開庭。

「起立。」

有人喊道。行禮後落坐。

「首先，由辯護人詰問被告。請被告移步至應訊台。」

環菜立刻站起來。今天也是身穿白襯衫。

靜靜往前走的環菜側臉比想像中來得沉穩。相較於開庭首日，今天看起來比較沒那麼緊張了。

她看向前方。我感受到這一切即將落幕。

「請辯護一方詰問。」

迦葉迅速起身，看向環菜問道：

「妳曾犯過什麼罪嗎？」
「沒有。」
環菜說。
「曾被誰暴力相向嗎？」
「也沒有。」
「就妳看來，父母的感情如何？」
「也稱不上感情很好。雖然父親心情好時，也會做些比較貼心的舉動，但要是母親稍微不配合他，或是不在家，父親就會罵她是白痴；就連母親晚上出門，也會罵她和妓女沒兩樣，說些讓人想摀住耳朵的難聽話。」
這般並未從環菜母親的證詞浮現出來的夫妻關係，彷彿令聽者的心結凍。
「那雄人先生曾對令堂施以暴力嗎？」
「是沒有拳腳相向，但我見過寒冬時，他將只穿著貼身衣物的母親趕到陽臺。我看到她被這樣對待，心想要是忤逆父親，自己也會遭遇同樣的事，所以除了求職一事，我從未忤逆過父親。」
聽完環菜沉穩的供詞後，感覺她比情緒容易激動、失控的母親來得冷靜，也能客觀陳述事實。

「案發當天，妳為什麼要買菜刀？」
「因為面試失利，我想懲罰自己，也想說必須讓他親眼看到我自殘。」
「不能用小一點的刀子嗎？」
「因為我都是用菜刀自殘，也就理所當然買了菜刀。」
「買了菜刀之後呢？」
「我前往父親任職的藝術學校。可是在下車的車站洗手間裡，突然覺得很害怕，使用刀子在手上劃了好幾道，然後就直接前往學校。向服務臺詢問父親在哪間教室後，便去見他。」
「當時，那雄人先生的反應如何？」
「他看到我血跡斑斑的手，顯得焦慮不安。」
「那雄人先生有對妳說什麼嗎？」
「因為剛好有學生來請教他問題，所以他叫我去隱密一點的地方，沖洗手上的血跡，我就說要去另一層樓的女廁。」
「然後，妳做了些什麼？」
「我走到下一層樓，一間沒有人在使用的女廁。突然又想到自己做了讓父親困擾的事，真的很害怕，想說割得更深一點，血也就流得更多，我嚇死了。就在這時，他開門走進來。」

「你們在女廁裡是怎麼樣的對話情形？」

「他說：『我以為妳這毛病在小時候就已經治好了。』接著又說：『妳之所以變得這麼奇怪，妳媽要負最大責任，我打電話給她，叫她帶妳去醫院。』我一直拜託他不要這麼做，父親卻背對我，掏出手機；我握著菜刀試圖阻止他打電話。」

「妳還記得那雄人先生在女廁，是用哪隻手握手機嗎？」

「因為面對我的時候是右邊……我想應該是左手。」

「那雄人先生是左撇子嗎？」

「不是，他說自己是左右開弓型。」

原來如此。迦葉附和。

「試圖阻止他打電話的妳做了什麼事？」

「我抓住他的手。」

「妳還記得自己那時是用哪一隻手抓住那雄人先生的手嗎？」

「左手。因為右手握著菜刀。」

「那時，刀刃是朝那個方向？」

「朝下。」

「妳用左手制止他的左手做動作時，妳的左臂是呈什麼狀態？」

「感覺朝斜上方伸長。」

「那雄人先生的反應如何？」

「父親好像有點吃驚，感覺他的上半身往後仰，迫使我反而更靠近他。」

「然後，妳做了什麼動作？」

「往後退。」

「那雄人先生的姿勢有因此改變嗎？」

有。環菜用力點頭。

「他試圖站好，所以上半身稍微往前傾……沒想到這時候卻因為地板溼溼的，不小心滑倒。」

「妳當時的反應如何？」

瞬間……。環菜說。

「我想扶起倒下去的他，所以舉起雙手。」

「然後呢？倒下去的那雄人先生怎麼樣了？」

「菜刀刺進他的胸口。」

「看到他倒下去時，妳沒想到要扔掉手上的菜刀嗎？」

「一瞬間沒想到要這麼做。」
「這是為什麼呢？」
迦葉口氣溫柔地詢問。
「因為想說要是扔掉手上的菜刀，他一定會打電話給母親，所以我一心想著絕對不能鬆手。」
「那雄人先生被菜刀刺到時，有說什麼或做什麼動作嗎？」
「沒有。只聽到他發出『嗚』的聲音……就這樣雙膝跪地，整個人逐漸倒下來。」
「妳有對他說什麼嗎？」
「沒有。當時我嚇得要死又害怕，趕緊離開現場。」
「為什麼當場離去？」
「心想發生天大的事了。所以真的很害怕，滿腦子只想著打電話向母親求助，可是她一直沒接，打到我手機都沒電了。想說得先回家才行，就跑回去了。」
「令堂看到妳回來，有說什麼嗎？」
「她問我到底發生了什麼事，我說爸爸被菜刀刺到，她說怎麼可能隨便就被菜刀刺到，詢問父親到底怎麼了。」
「那時妳的穿著如何？」

「我穿著為了面試而準備的深藍色裙子，搭配白襯衫。」

「妳的手上也受了很嚴重的傷吧？母親看到妳手上的傷，有說什麼嗎？」

環菜突然停頓一下，說道：

「什麼都沒說。」

感覺她也覺得母親的反應令人匪夷所思。

「然後我們起了口角，我一氣之下衝出家門。」

「妳負氣離家後，打算去哪裡？」

「無處可去的我只好沿著多摩川岸邊走。」

「難道沒想過去警局嗎？」

環菜思忖片刻似地沉默一會兒後，說：

「對不起，當時一心想死的我沒想過要去警局。」

「為什麼一心想死呢？」

「因為我覺得和母親大吵後，這世上已經沒有會相信我的人。」

迦葉露出有點微妙的表情，停頓片刻後，詢問環菜：

「妳還記得和母親吵架時，說了什麼嗎？」

「記得。因為母親問我為什麼會發生這種事，我告訴她因為面試時整個人慌了，心情低落，一回神才發現自己拿著菜刀去找父親，結果母親大叫，我們就這樣吵起來。」

「妳母親大叫些什麼？」

「就是大叫怎麼會這樣。」

案發當天的記憶蓋子逐漸開啟。

「她說自己一直以來也吃了不少苦頭，發生這種事叫她今後要怎麼活下去，很激動地質問我，然後我就……」

環菜不禁哽咽，情緒有些激動地說：

「我問她知道我為何會變得這麼奇怪嗎？母親卻冷冷地回了一句：『我哪知道啊！』我難過得跑出去，沿著傍晚的河岸邊走邊哭，這才察覺到自己從出生到現在都是孤零零一個人。」

眾人凝視著邊哭邊陳述的環菜。

「覺得很對不起死去的父親，卻也不曉得該怎麼辦；雖然發現自己不太正常，但也沒錢看醫生，加上母親總是說這種事必須靠自己設法改變，我也一直相信她說的。我到底該怎麼辦才好？到現在還是覺得要是自己能控制一下情緒，努力克服考試這個難關就好了。可是那時真的沒辦法。」

身為臨床心理師的我對於能如此坦白道出內心想法的她，現在卻非自由之身一事，深感惋惜。

「以上是辯護人的詰問。」

迦葉結束詰問後，法庭又是一片靜寂。

檢察官席那邊有人站起來，是那位讓迦葉他們覺得有點棘手的瘦子檢察官。

只見瘦子檢察官以冷冷的口吻，「接下來由我們檢方詰問被告。」這麼說。

「被告與被害人，也就是那雄人先生是什麼關係？」

「戶籍上他是我父親，但我們沒有血緣關係。」

「關於這一點，被告是怎麼想的？」

「感謝他對我的養育之恩。」

環菜措辭慎重，感覺得出來她對於檢方的詰問有所防備。

「案發當天，放棄電視臺第二次面試的妳為什麼不回家，而是去買菜刀，前往藝術學校呢？」

環菜緩緩回答：

「因為我想藉由自殘一事，紓解自己因為考試失利而遭受的打擊。」

「這和去藝術學校一事，有何關係？」

「為了告訴父親這個事實，以及我遭受的打擊。」

瘦子檢察官瞅了一眼環菜，又問：

「直接回家告訴母親，昭菜女士不是比較好嗎？」

「我當時沒這麼想。」

「為什麼？」

「因為我覺得應該先告訴父親。」

環菜回道。

檢察官以有點強硬的口氣詰問：

「那雄人先生來女廁時，妳握著菜刀嗎？」

「是的。」

「當時那雄人先生有何反應？」

「他似乎嚇一跳。因為他看過我手上所有傷痕，但並未見過我握著菜刀的模樣。」

「當然會嚇一跳。那麼，那雄人先生怎麼說？」

瘦子檢察官的口氣聽起來有點侮蔑意味。迦葉似乎也這麼覺得，只見他露出不太高興的表情。

「說什麼妳之所以變得這麼奇怪，妳媽要負責，我要打電話給她，叫她帶妳去看醫生，還說什麼精神耗弱會遺傳。」

環菜依舊從容應答。
「妳怎麼回答？」
「我求他不要打電話給母親。」
「那雄人先生有何反應？」
「他無視我的哀求，掏出手機，我試圖阻止，就這樣起了衝突。」
瘦子檢察官一臉狐疑地說：
「但妳確實有自殘，因此流血，是吧？照理說，那雄人先生打電話聯絡妳母親，也是一般父親會有的行為，妳為什麼沒想到他會有此反應呢？」
「我真的沒想到，因為父親從未對任何人提起過我手上的傷，也不想讓別人知道。」
我很佩服環菜能清楚說明對她來說，難以啟齒的事與複雜的心理狀態。
「那麼，妳覺得那雄人先生為何這次想聯絡妳母親昭菜女士呢？」
「因為父親覺得不關他的事。」
瘦子檢察官難以理解似地蹙眉。
「意思是，那雄人先生認為妳自殘受傷，並非他的責任？」
「是的。因為父親一直很反對我當女主播，所以他認為這一切都要怪母親，所以打電話給她。」

「那雄人先生對於考試結果，有說什麼嗎？」

環菜想了一下後，點頭說「有」。

「他怎麼說？」

瘦子檢察官又問。

「他說，憑妳這種傷痕累累的模樣要上電視、面對公眾，根本是不可能的事，所以很反對；還說我這樣子，連挑衣服、裝扮都會受限吧。」

「聽到那雄人先生這麼說，妳當下心情如何？」

即使面對如此暗示「這不就是直接原因嗎」的詰問，環菜仍舊冷靜應答。

「理由我都懂，所以反而有種該說是理解，還是恍然大悟的心情。那時，我並不氣父親這麼說，只是更覺得自己是個沒用的人。」

一直覺得環菜無法認清事實，思緒很混亂。

但她面對這種說出來實在很受傷的話，卻——

「妳和母親昭菜女士的相處情形如何？」

瘦子檢察官詢問。

「我覺得我們母女倆感情不錯。」

環菜慎重回答。

「既然如此，當妳聽到那雄人先生要聯絡妳母親時，為何那麼慌亂？這種事不是應該告訴家人，和家人商量嗎？」

就在環菜陷入沉默，迦葉與北野律師一臉擔心地看著她時——

「因為母親曾說很噁心。」

環菜渾身發抖，大聲這麼說。辯護人和檢察官都看向她。

「那是我小學畢業時的事，從夏威夷回來的母親看到我手上的傷，那時……」

環菜再次深吸口氣，說道：

「她說：『怎麼回事？好噁心的傷。』有一次電視在播關於年輕人自殘的報導節目時也是，她隨口說了句：『才不想看到那麼恐怖又噁心的東西。』所以我想說絕對不能讓母親知道我又自殘的事，這就是不能告知她的理由。」

瘦子檢察官有點困惑地說了句「這樣啊」。

「所以妳一心想著絕對不能讓母親知道，是嗎？」

「是的。」

「所以說，這就是妳刺殺那雄人先生的原因，不是嗎？」

「不是的。要是這樣的話，不就和檢察官說我事先購買菜刀，是有計畫要殺父的主張有所矛盾了嗎？」

瘦子檢察官霎時語塞。

我則是怔住了。在心中低語：

「搞不好這孩子沒有我們想的那麼柔弱吧。」

「但是案發後，妳坦承自己殺害父親，是吧？為何又翻供？」

「因為母親的那句話，她說怎麼可能隨便被菜刀刺到。她總是說我愛說謊，所以我那時沒自信能說出實情；但是我沒有刺殺父親，應該說，無法這麼做。」

「為什麼如此斷言？」

「因為我很怕他，更沒想過刺殺讓自己很害怕的人。」

「若非蓄意殺人，為什麼不叫救護車，當場逃離？」

「正因為不是蓄意殺人，所以不曉得該如何應付突發狀況，況且是在父親工作的地方，要是被別人知道我和父親之間的紛爭，不知道會發生什麼事，所以當時只想著趕快離開現場。」

「這我就不太明白了。那雄人先生被菜刀刺到時，妳沒想到要報警，是吧？難道也沒想過就這樣丟下他不管，他會死嗎？」

「因為事情實在發生得太突然，我真的不曉得該怎麼辦，也沒能力判斷是不是會致命的傷。」

「剛才妳說想告訴那雄人先生，自己因為考試失利而深受打擊。既然如此，故意去和自己很害怕的人見面，不就是因為心懷殺意嗎？」

環菜不知如何答腔。就在我想說她應該不知道如何辯駁，焦慮地直盯著她時，她自言自語似地緩緩開口：

「大概是因為和那時很像。」

法庭一片靜默。

「那時是指？」瘦子檢察官遲疑片刻後詰問。

「素描課。報考主播的第二次集體面試氣氛和素描課很像。」

瞬間，我的眼前浮現錄影前的攝影棚光景。現場有許多男性工作人員的視線，瀰漫著甚至無法自在活動的強烈緊張感。

原來是這樣啊！有種恍然大悟的感覺。

「電視臺的面試官都是男的。被那些人盯著瞧時，我突然覺得很害怕，一回神才發現自己倒在地上。想到自己那麼沒用、沒有活著的價值，就很懊惱、很難過，於是便跑去買菜刀。」

「為什麼這麼做？」

「為了懲罰自己，從小就是一直靠這方式排解壓力。」

「妳的意思是，這樣就能靠自己紓解壓力嗎？」

環菜被追問得噘起嘴。加油啊！我在心裡祈禱。妳已經能用自己的方式表達了。

「因為我覺得必須得到父親的原諒。」

環菜這麼說之後，像要反問似地看向瘦子檢察官。

只見瘦子檢察官面不改色地後退一步。

「無論是和全裸的陌生男子緊靠在一起，還是被喝醉的男人摟抱、亂摸身體，我很害怕不知道什麼時候又會被這麼對待，父母又袖手旁觀，所以我割腕，唯有搞得自己傷痕累累才不用再當素描模特兒，只有流血才能讓我逃離痛苦的事情，所以那天我只是如法炮製而已。」

身旁傳來忍不住發出的嘆息聲，我悄悄瞄了一眼。

香子就坐在隔了三排的前方座位，直盯著應訊台上的環菜背影。

「這和對於父母的憎恨不一樣嗎？」

瘦子檢察官又問。

迦葉試圖打斷似地提出異議：

「檢察官故意誘導被告的回答。」

審判長面無表情地沉默幾秒後，說道：

「認同辯護人提出的異議，檢察官請根據事實詰問。」

瘦子檢察官回答「是」，一派若無其事地說：

「檢察一方詰問完畢。」

論告結束後，檢察官宣告：

「檢方認為應具體求處被告十五年徒刑。」

接下來是辯護一方的最終辯論，站起來的是北野律師。

「讓未成年少女看到成年男子的裸體，並投以侵犯個人權益的有色目光一事，足已構成性虐待的事實。被告在人格形塑最重要的幼少時期，遭受好幾年的性虐待。情緒因此不穩的被告只能藉由自殘行為，保護自己；且對於被告來說，每當精神方面承受壓力，便做出自殘行為，可說是家常便飯之事。案發當天亦然，被告為排解壓力而購買菜刀，去找被害人亦出於自罰，絕無殺害被害人的意圖。被害人遭菜刀刺到一事也是因為看到被告自殘，情緒激動，一時失足跌倒所致。因此，辯護一方主張被告無罪。」

北野律師仔細陳述完後，回座。

審判長慢條斯理地做出結論，這麼宣布：

「預計下週十四日早上十點判決，閉庭。」

我和辻先生步出走廊，互瞅彼此。

「不知道會怎麼樣啊！」辻先生說。

會怎麼樣啊……我也無法想像。

不過，對於北野律師在法庭上主張環菜遭受的一切是性虐待，總覺得有著極大的意義與希望。

走廊上沒半個人，想說在自動販賣機買罐茶飲時，瞧見迦野他們大踏步地走過來。

迦葉邊從口袋掏出零錢，一臉憤慨地說：

「那種問法真的對被告很失禮耶！我看那傢伙的人格才有問題！」

北野律師勸慰他「別氣了」。

「不過看到環菜小姐能那麼冷靜陳述，真的嚇一跳呢！迦葉和北野律師指導的嗎？」

迦葉喃喃著「喔喔」，又回復平常的表情，說道：

「算是指導嗎？就是讓她發揮本色吧。」

我不解地偏著頭，辻先生出聲：

「對了，聖山小姐立志當女主播呢！」

「就是啊！環菜本來就有接受訓練，以能讓別人接受的表達方式，在人前陳述客觀事實與自我意見。只是因為一直以來懷有罪惡感而無法發揮。所以我告訴她，妳必須說出自己看到的事實與感受到的事，不必顧慮妳爸媽，也不用感到歉疚。責任就由我、北野律師和環菜，三個人一起扛吧。」

「反正只能等法院的判決囉！」

北野律師一派輕鬆口吻，讓迦葉不禁苦笑。

「只能等判決結果啦！」

迦葉與北野律師邊聊，邊走回去。

我和辻先生買了保特瓶裝的溫茶飲。平常喝的時候，感覺有點甜膩的奶茶味道對於疲勞的腦子可說是剛剛好。

就在我要扔掉喝光的空瓶時，手指不小心滴到好幾滴奶茶，感覺黏黏的。

「辻先生，我去一下洗手間。」

這麼告知後，隨即轉身離開。

就在我走進位於走廊盡頭的女廁時，視線和正在洗手的環菜母親對上。

想說她會對我投以帶有敵意的眼神，她卻挪了挪身子，刻意迴避我似地低著頭。

記得曾在哪兒見過這舉動，不是遙遠過往，而是平常時候，好比在診所和諮商者面對面時。

感覺自己快喘不過氣。

我擋下試圖逃出女廁的她，只見她一臉驚訝地看著我。

「有點事情想請教。」

「別太過分。」

環菜的母親拒絕。我低頭瞧著她那被我抓住的左手，只見她尷尬地放下捲起的袖子。她的手比環菜更誇張。

從手腕到手肘，除了切割傷之外，還有泰半已經變色，像是燙傷痕跡的痣。感覺不像是遭遇意外事故受的傷。

我怔怔地注視著她。

斜睨著我的眼瞳溼潤似地發亮，雖然外型依舊亮麗，內心卻有著讓人猶豫該不該涉入的黑暗面。

「告辭。」

她不太高興地說，準備離去時，突然被我叫住。

「請等一下。那是您自己……還是被誰？」

我想起來了。不少案例都是女兒遭受性虐待，卻有個故意視而不見的母親。

「沒事了。我現在很正常。」

女兒遭受性虐待，母親也可能曾被誰施以性虐待或暴力。

於是長大成人後，又陷入和自己過去相似的境遇。

我緩緩閉上眼，又睜開。
「要是有什麼痛苦的事、想說的事，請聯絡值得信賴，可以諮詢的機構。」
「我不是說我很正常嗎？別隨便說嘴別人的事。」
她口氣強硬地反擊。
我輕輕搖頭，問道：
「真的是這樣嗎？」
她背對我，快步離開女廁。
任憑水龍頭的水流著，我雙手撐在洗臉臺邊緣。
搞不好她比誰都害怕環菜就這樣逐漸崩壞，但因為面對女兒時，又會想起自己不堪的過往，只好選擇無視一途。
我悄聲低語環菜在法庭告白的一句話。
「好噁心。」
其實她一點也不覺得噁心，只是看到就會想起痛苦不堪的往事，況且也沒有人能夠證明她一直隱忍至今。現在那位母親的身旁也沒有這樣的人。
公審判決的早上，法庭比之前坐滿更多人。

旁聽席最前排位子坐著好幾位應該是媒體相關人士。

不久，法官們魚貫入庭。

「起立。」

這一聲在法庭內迴響。

判決結果出爐。

「主文。判處被告八年有期徒刑。」

判決有罪。

事先購買菜刀，前往藝術學校的環菜將那雄人先生叫至隱密處，以菜刀刺殺後，既未報警，還當場逃離。

「可以推斷被告蓄意殺人。」

審判長又說：

「被告幼少時期的成長環境，並非能讓她發展健全身心的適當環境；再者，儘管被害人與好幾個人能掌握現場情況，然而在一定期間持續進行那種事，勢必影響被告的精神方面，並促使被告與被害者的關係惡化。」

審判長認定如此。此外，因為考量被告尚年輕——

「判斷還有更生的可能。」

審判長總結。

坐在最前面一排的媒體相關人士紛紛起身，步出法庭。只見迦葉和北野律師露出不服判決的表情，我則是看著準備步出法庭的環菜。

那張側臉平靜得不可思議。

就在我遠遠望著她，觀察她的心情時，環菜被法警再次套上繩子，帶離法庭。

因為無法馬上整理判決內容，我向診所請了幾天假，在家裡開始動筆。

平日中午，我邊嚼著自己做的握壽司，邊和一堆筆記、新聞報導與資料搏鬥時，電話響起。

瞬間，我猶豫著要不要接聽；但因為腦中掠過環菜母親的事，還是決定接起。

「喂，由紀。雖然想說突然打電話會吵到妳，但還是忍不住打了。妳還好嗎？」

看來我聞三番兩次提醒似乎奏效，我只回了句「我在忙」。

「我也是這麼想啦！那我就長話短說。我和妳爸想要搬到馬來西亞。」

懷疑自己聽錯的我冷不防反問「為什麼？」，好久沒對母親用這種比較親密的口氣說話了。

「我們也年紀一大把了，沒必要還待在環境這麼差的東京，馬來西亞氣候溫暖，更能悠閒生活，不是嗎？反正妳爸常常出差，早就習慣了。語言方面也不是問題囉！妳爸的同事也遷居國外的樣子。」

國外出差這字眼讓我很敏感。為何能說得如此理所當然？我到現在還是不明白。

「為什麼？妳不在意嗎？」

我平靜地問。原來如此啊！我明白了。

「不在意？是指遷居一事嗎？」

「不是。畢竟爸爸他……不是以前曾在國外買春嗎？我實在無法理解，為什麼妳沒想過要離婚，還能平心靜氣地說要和他搬去國外住。」

原來之所以不明白，是因為我沒問。

受到傷害、無法相互理解、不被理解，都是因為內心恐懼的關係。

母親困惑似地沉默半晌後才說：

「現在的年輕人動不動就鬧離婚，在我們那時代可是連想都沒想過呢！畢竟孩子還是要在健全家庭長大比較好，不是嗎？況且我對由紀來說，也不是個一百分的好媽媽。而且那時知道妳爸幹了那麼齷齪的事，我哭著責備他，他也下跪謝罪，保證不再犯，之後就很安分守己啦！我自己的人生怎樣無所謂，但家庭的幸福絕對擺第一。」

她的這番說詞並非藉口，而是她的人生信念。母親也曾年輕過，無論是她身處的時代、教育、還是個人修養，有許多是現代社會已然消失、再也找不到的東西。

「知道了。」我說。

「確定日期後告訴我，想說找我聞、正親，大家一起去吃壽司。」

母親聽到我這麼說，非常開心地說「好啊，一起去吃美食囉」。

掛斷直到最後還是深信女兒很關愛自己的母親的電話，我忍不住淌下幾滴淚。

判決結果出爐一週後，我才明瞭環菜步出法庭時，臉上表情為何如此平靜。

我在被植物圍繞的診間，打開剛收到的信。

真壁由紀醫師：

總算結束了。或許是頓時放鬆的緣故吧。我什麼也沒想地睡了好幾天。

透過這次的審判，受到很多人的幫助。真的很感謝真壁醫師、庵野律師、北野律師。

在法庭上，很多大人真的有聽進去我所說的事。

這件事救了我。

因為我一直無法說出內心的痛苦、悲傷、抗拒的事、還有自己的想法。

無論是什麼樣的人，都有自己的想法與權利。藉由審判，我第一次體驗到能夠說出來是件多麼美好的事。

雖然庵野律師和我商量要不要提上訴，但我決定接受一審的判決。

畢竟我沒叫救護車是事實，也接受因此造成父親身亡的事實，所以我想在高牆內平平靜靜地服完刑期。

無論是自己的情感還是心理狀況，我還有很多不瞭解的事。

現在我想試著親筆寫下這些事，而不是假手他人。要是我哪天寫完了，可以請真壁醫師當我的第一位讀者嗎？

不久就是春天了。我永遠不會忘記這幾個月來，您一直幫助我面對自己的心。由衷感謝。

聖山環菜

我闔上信。

雖然心想這樣很好，但因為還有一件事讓我很在意，所以還是回信道謝，順便請教一件事。

我想問的是，環菜是否知道她母親手上的傷疤。

結果她的回覆如下：

「她說是以前發生事故時受的傷。也許母親因為很在意自己手上的傷，所以更加厭惡我自殘一事吧。」

我讀著這封信時，腦中浮現環菜的母親斷言女兒的傷是被雞啄傷時的表情。看來一直選擇無視、掩蓋真相的她到現在還是不願面對事實吧。

當我發現她手上的傷疤時，她肯定又被傷得很重吧。縱使如此，她還是能想辦法克服吧。

感覺現在的環菜一定能找到克服困難的希望。

那天晚上，我將完成約八成的稿子傳給辻先生，立刻收到回信。

得到「內容好精采」這樣的感想。

「如果方便的話，有件事想和您當面商談。」

信中還添了這麼一行字。什麼事啊？我不解地偏著頭，回信告知我有空的時間。

幾天後，辻先生利用午休空檔，和我約在診所附近的咖啡廳碰面。服務生端來咖啡後，只見他雙手置於膝上，向我低頭行禮。

「其實是關於這本書的事……因為上面的人認為這起案件的收尾沒有想像中來得那麼

有話題性，所以現在出書，可能也沒辦法達到當初預期的銷量。」

我沉默片刻後，回道「我明白了」，得知這樣的事，倒也不覺得意外。無論是電視還是報章雜誌幾乎都沒有報導環菜這起案件的判決結果，車廂內的吊環廣告也全被近來發生的連續殺人案、美女政治家醜聞等事件淹沒。

「還有一件事想和您商量。」

他抬起頭，這麼說。我眨了眨眼，回道「是」。

「這是我個人的提議。想請您以我收到的原稿為藍本，創作一本以遭受性虐待的女性朋友們為主題的報導文學作品，不曉得這麼做是否可行？也就是請真壁醫師以這次的聖山小姐事件為主軸，採訪同樣遭受這般痛苦的女性心聲，匯集而成一部作品。」

我凝視著辻先生。

「透過這次的案子，初次聽聞原來還有這種形式的性虐待。我想日本各地應該還有很多這種不為人知的遺憾才是，要是能挖掘出這些遺憾，讓世人明白這種事是不正常的，帶給受害者一線希望，該有多好。當然，和採訪對象交涉是件很辛苦的事，勢必得耗費不少時間，但要是您願意考慮看看的話，就太好了。」

想起我曾對北野律師說「我想成名」。

不是為了金錢，也不是為了名聲，而是希望更多急待拯救的生命之聲，能透過我傳達出去，就像那天初次造訪這間診所的我一樣。

「我們一起努力吧！」

我立即答應。

希望下次不要有任何生命殞落，而是勇敢地活下去。

也期望遭受傷害的人們總有一天能得到幸福。

我一到四周綠意圍繞的婚禮場地，便先去休息室向新娘打招呼。

我敲敲休息室的門，傳來「請進」的開朗聲音。

「打擾了……哇！好美喔。」

母親陪在一旁，頭戴婚紗的里紗回頭。雪白婚紗襯托出她那漂亮的鎖骨。

里紗和親戚打完招呼後，起身說道：

「由紀姐！謝謝妳來。老實說，還真擔心自己會不會看起來很怪呢！想說純白婚紗和我這張辣妹臉會不會很不搭啊！」

「沒這回事，真的很漂亮。啊，對了，我聞他——」

只見里紗突然湊近，悄聲對我說「跟妳說喔」。

「咦？該不會他出了什麼錯吧？難不成他遲到了？」

「不是啦！他在會場那邊。我是說看到頭髮往後梳，沒戴眼鏡的真壁先生來到會場時，真的嚇一跳呢……沒想到他長得那麼帥。真是的！平常幹麼戴眼鏡啊？」

原來如此。我恍然大悟地苦笑。

「因為他輪廓比較深，個子又高，總覺得自己的外型會讓被拍者莫名感到緊張，所以平常就以那副德性示人囉！畢竟他喜歡看到男女老少都露出最輕鬆的表情。」

「原來是這樣啊！真的嚇一跳呢！還被我老公笑說我在犯啥花痴啊！」

我邊笑，邊想起以前和迦葉在百貨公司屋頂上看星星一事。

那時我覺得自己贏不了這傢伙吧！迦葉這麼評論我聞。

「而且他比我多一點點男人味吧！」

之後還補上這句話。那時的我覺得竟然會在意這種事的迦葉很可愛。

現在我可以平靜地回想這些事。

百花綻放的花園婚宴派對開始時，我走近正在拍攝的我聞身旁。

「由紀也來照一張。」

當鏡頭朝向我時，我微笑。

我將杯子遞給忙著拍攝，沒空吃喝的我聞時，只見他放下相機，有感而發地說：

「謝謝。好棒的婚禮喔。」

身旁圍繞著許多女性友人與親友的里紗看起來真的好幸福。環菜也是，要是能早點認識她的話，我突然這麼夢想著。也許就能幫助她一步一步地回復，協助她過著自己期望的人生。

我思忖著，仰望天空。深切感受到還有好多事要做。

我聞忽然喃喃道：

「我想起我們的婚禮啊！」

我點點頭，悄悄環視一眼花牆。現在這季節已經沒有山茶花了。

一回神，瞥見我聞直盯著我。

「怎麼了？」我問。

「我也在想山茶花沒開呢！」

我聞沉默片刻後，說道：

「山茶花對迦葉來說，是很特別的花。」

我微微蹙眉。

「還記得當初迦葉來我家時，只帶了一樣他媽媽的東西，是個女人用來抹頭髮的山茶花油空瓶。」

我聞他那顏色偏淡的眼瞳滲滿沉靜的憐憫，繼續說：

「直到住慣我家為止，迦葉每天只是睡覺，望著空瓶發呆。還記得是我媽告訴我那是什麼花。」

我不知如何回應。

「迦葉剛升上大三時，有一次我們兩個一起吃飯，那小子告訴我，他在學校主動搭訕一位氣質很特別，長得挺漂亮的女孩。迦葉講得一副眉飛色舞樣，這是他第一次在學校搭訕女孩子。後來一直沒機會見到他說的那個女孩子，真的沒想到原來他說的就是由紀。直到我為了拿羽絨衣給他，在學校餐廳碰面時，我才發現原來他說的那個女孩子是妳。後來我趁只有我們兩個在的時候，我問他是不是喜歡由紀。」

我不想知道答案。

突然這麼想的我，卻又領悟到這是自己最想知道的事。

「迦葉怎麼說？」

我聞用溫柔眼神看著我說：「妳總算又能這麼自然地叫他的名字了。」

我詫異地猛眨眼。

「迦葉說他很在乎妳，但不是戀愛的感覺，還說就算向妳解釋這種感覺有多麼特別，妳也一定聽不進去吧。聽到他這麼說，我才明白你們彼此有多麼瞭解對方。」

頓時覺得雙頰發燙的我閉上眼，會場響起幸福的笑聲。

「你聽到他這麼說，沒想過和我分手嗎？」

我問。

「沒有。」

我聞只回了這麼一句話。

「可是……」

「我一直想告訴妳。」

他打斷我的話。

「希望由紀在我面前能盡情發迦葉的牢騷，或是誇獎他。」

我默默低著頭。忘了是何時，我聞曾對我說「由紀背負太多不該背負的東西」。

「由紀覺得和我結婚是正確的選擇嗎？」

我聞問，我抬起頭。

「當然，自從遇見你，我一直很幸福。」

我聞也點點頭，說道：

「我也是哦！迦葉是我最重要的弟弟，由紀是我最重要的情人，所以我不希望你們有所衝突，才會一直沉默至今；但要是你們哪天和解的話，我想說：今天來到這裡，我總算能好好地獨占由紀。」

我緩緩吐氣。長年藏在心裡的祕密就此煙消雲散。

會場響起歡呼聲，原來是花團錦簇的結婚蛋糕送來了。我聞架好鏡頭，我一邊走向結婚蛋糕，一邊回頭時，那瞬間我們並非身處任何地方，而是存在於彼此的視線中。

——完

創作這部作品時，承蒙律師與臨床心理師等各方人士的協助。

書中關於刑事審判部分，得到今西順一律師的諸多協助。此外，關於臨床心理學方面的知識，則是得到精神科醫師，亦是醫學博士、臨床心理師的星野概念醫師的諸多建言。

再次向給予各種協助的專業人士，致上最誠摯的謝意。

本書記述內容如有錯誤，作者負完全責任。

——作者　島本理生

文字森林
READING FOREST
文字森林系列 005

初戀

ファーストラヴ

作　　者　島本理生
譯　　者　楊明綺
總 編 輯　何玉美
責任編輯　陳如翎
封面設計　海流設計
版型設計　楊雅屏
內文排版　菩薩蠻電腦科技有限公司

出版發行　采實文化事業股份有限公司
行銷企劃　陳佩宜・馮羿勳・黃于庭・蔡雨庭
業務發行　張世明・林踏欣・林坤蓉・王貞玉
國際版權　王俐雯・林冠妤
印務採購　曾玉霞
會計行政　王雅蕙・李韶婉
法律顧問　第一國際法律事務所 余淑杏律師
電子信箱　acme@acmebook.com.tw
采實官網　http://www.acmebook.com.tw
采實臉書　http://www.facebook.com/acmebook01

I S B N　978-986-507-015-1
定　　價　360 元
初版一刷　2019 年 7 月
劃撥帳號　50148859
劃撥戶名　采實文化事業股份有限公司
104 台北市中山區南京東路二段 95 號 9 樓
電話：(02)2511-9798
傳真：(02)2571-3298

國家圖書館出版品預行編目 (CIP) 資料

初戀 / 島本理生作 ; 楊明綺譯 . -- 初版 . -- 臺北市 : 采實文化 , 2019.07
面；　公分 . -- (文字森林系列 ; 5)
譯自 : ファーストラヴ

ISBN 978-986-507-015-1(平裝)

861.57　　108007908